Stefan aus dem Siepen
Das Seil

AF203292

Ein abgelegenes, von Wäldern umschlossenes Dorf. Einige Bauern führen hier ein zufriedenes Dasein, das von Ereignissen kaum berührt wird. Eines Tages findet Bernhardt, einer der Bauern, auf einer Wiese am Dorfrand ein Seil. Er geht ihm nach, ein Stück in den Wald hinein, kann jedoch sein Ende nicht finden. Neugier verbreitet sich im Dorf, und ein Dutzend Männer beschließt, in den Wald aufzubrechen, um das Rätsel des Seils zu lösen. Ihre Wanderung verwandelt sich in ein bizarres Abenteuer – auch nach Stunden kommt das Ende des Seils nicht in Sicht. Während die im Dorf gebliebenen Frauen und Kinder darauf warten, dass die Suchenden zurückkehren, geraten die Männer immer stärker in den Bann des Seils. Bald überschlagen sich die Ereignisse, und die Existenz des ganzen Dorfes steht auf dem Spiel.

In einer glänzend geschriebenen Parabel schildert Stefan aus dem Siepen den Einbruch des Unbegreiflichen und Chaotischen in eine wohlgeordnete Welt. Spannend erzählt er von menschlicher Obsession und dem Verhängnis des Nicht-Aufhören-Könnens.

Stefan aus dem Siepen wurde 1964 in Essen geboren, studierte Jura in München und trat in den Diplomatischen Dienst ein. Über Stationen in Bonn, Luxemburg, Shanghai und Moskau führte ihn sein Weg nach Berlin, wo er seit 2009 im Auswärtigen Amt arbeitet. Zuletzt erschienen der Roman ›Der Riese‹ (2014), ›Das Buch der Zumutungen‹ (2015) und 2018 ›Aufzeichnungen eines Käfersammlers‹. Stefan aus dem Siepen lebt mit seiner Familie in Potsdam.

Stefan aus dem Siepen

Das Seil

Roman

dtv

Von Stefan aus dem Siepen
ist bei dtv außerdem lieferbar:
Die Entzifferung der Schmetterlinge
Luftschiff
Der Riese
Das Buch der Zumutungen
Aufzeichnungen eines Käfersammlers

7. Auflage 2024
2014 dtv Verlagsgesellschaft mbH & Co. KG, München
© 2012 dtv Verlagsgesellschaft mbH & Co. KG, München
Umschlagkonzept: Balk & Brumshagen
Umschlagfoto: Daniela Gulda
Gesetzt aus der Caslon Buch BQ
Satz: Greiner & Reichel, Köln
Druck und Bindung: Druckerei C.H.Beck, Nördlingen
Printed in Germany · ISBN 978-3-423-14345-5

Erster Teil

I

Die Entdeckung

Als Bernhardt, die Pfeife zwischen den Zähnen, seinen Abendgang machte, lagen die kleinen Holzhäuser des Dorfes im Dunkeln, die Läden vor den Fenstern waren geschlossen, hier und dort schlängelte sich Rauch von einem strohgedeckten Dach dem Himmel entgegen, an dem das gelbweiße Mondlicht die Sterne verscheuchte. Die umzäunten Weiden standen leer, denn die Bauern hatten das Vieh, um es gegen Angriffe von Wölfen zu schützen, in die Ställe getrieben. Fledermäuse waren in der Luft, drängten sich störend in das Bild des Friedens, das sonst ohne Flecken gewesen wäre: Lautlos flatternd zogen sie ihre Figuren durch die Nacht, schnelle Schatten, die sich taumelnd aus der Schwärze lösten und, ehe der Blick sie fassen konnte, taumelnd wieder verschwanden.

Bernhardt blickte zu den Kornfeldern hinüber, die an die Weiden grenzten. Das Getreide stand hoch, in wenigen Tagen würde die Ernte beginnen: Es schien ihm, als hielten sich die Halme nur noch mit Mühe unter ihrer Last aufrecht und als müsste bereits der kleinste Zuwachs an Fülle genügen, um sie zu Boden sinken zu lassen. Ein sanfter Wind, der kaum zu spüren oder zu hören war, strich über die Ähren, die im Mondlicht ihren Goldton verloren hatten, ein hartes und totes Grau zeigten. Er erinnerte sich, wie er einmal als kleiner Junge mit seinem Vater gerade hier, vor diesem Feld, gestanden hatte.

– Die Ähren sind wie das Glück, hatte der Vater gesagt. Wenn das Glück zu groß wird, wird es zu einem Leid.

Bernhardt war erstaunt gewesen, denn selten einmal hatte er seinen Vater – oder irgendjemanden sonst im Dorf – etwas sagen hören, das über das Einfachste, ganz und gar Naheliegende hinausgegangen wäre. So hatten sich die Worte ihm eingeprägt, ragten als etwas Seltsames und Ehrfurchtgebietendes aus dem harmlosen Einerlei seiner Erinnerungen. Seit damals hatte er nie mehr einen Blick auf reifende Felder werfen können, ohne sich irgendetwas von »Leid« und »Glück« und »Ähren« vorzumurmeln und einen Anlauf zu philosophischem Nachdenken zu unternehmen, der freilich, kaum dass er begonnen hatte, immer gleich wieder verebbte.

Bernhardt ging an dem blauschwarzen Wald entlang, der sich in weit gespanntem Bogen um die zwei Dutzend Häuser, um die Felder und Weiden zog. Wie öfters schon hatte er den Eindruck, dass die Bäume im Finstern um ein Stück näher an die Häuser heranrückten – als wollten sie den Kreis enger ziehen und einen Teil des Bodens, welchen die Vorfahren der heutigen Dörfler mit ihren Äxten aus der Wildnis herausgeschlagen hatten, sich im Schutze der Nacht wieder einverleiben. Die Wälder in dieser Gegend waren noch beinahe urwüchsig, dehnten sich so unzugänglich aus wie vor Jahrtausenden, viele Tage konnte man in ihnen wandern, ohne auf die Spur eines Menschen zu treffen, nur selten waren Weiler eingesprengt wie Inseln in einem gewaltigen Meer.

Auf der Wiese, die an den Rand des Tannenwaldes stieß, bemerkte Bernhardt etwas, das ihn stutzen ließ. Eine dunkle gewundene Linie zog sich durch das Gras, im Licht des Mondes nur schwach zu sehen, ähnlich einer Schlange – was mochte es sein? Mit leicht verzögertem Schritt, die Stirn in Falten, ging er darauf zu. Auf dem Boden lag ein Seil – nichts weiter. Einer der Bauern musste es hier vergessen haben, oder vielleicht hatten Kinder damit gespielt. Mehr enttäuscht als neugierig beugte er sich herab, um von Nahem einen Blick zu werfen, und geriet sogleich ins Staunen, konnte nicht anders, als die Pfeife aus dem Mund zu nehmen und einen leisen Pfiff auszustoßen: Ein gutes Stück, alle Achtung! Fest geflochten! Und dick wie ein Daumen! Ein solches Seil besaß niemand im Dorf, das stand fest – aber wem konnte es gehören?

Er setzte seinen Weg fort, umflattert von den grauen Schatten, und dachte über das Seil nach, nicht nur weil es ihn verwirrte, sondern auch weil es sonst nichts gab, über das sich nachdenken ließ. In der Nähe hörte er ein mahlendes Geräusch, rau in der Stille, das ihn ablenkte. An einem der Häuser, die dem Wald am nächsten lagen, leuchtete ein Fensterviereck gelb im Dunkeln; Raimund, der Hausherr, schloss von innen die Läden.

– Guten Abend, rief Bernhardt ihm zu, und er staunte, wie laut seine Stimme durch die Dunkelheit hallte, sie musste in vielen Häusern, ja im ganzen Dorf überklar zu hören sein wie ein Schrei.

– Grüß dich, Bernhardt. So spät noch draußen?

Raimund stand regungslos, seine Schultern füllten, vom Licht umgrenzt, den größten Teil des Fensters aus. Im Herankommen sah Bernhardt ihn nur als schwarze Fläche vor sich, wie einen Scherenschnitt, der an der Hauswand hing.

– Ich geh' spazieren, wie immer.

– Ach? So? … Eben hab' ich dich am Wald stehen sehen, da drüben. Du hast dich nach irgendwas gebückt. Was gibt's denn da?

Seine Stimme klang leicht schläfrig, zugleich aber auch forschend, als wolle er Bernhardt für etwas, das ihm verdächtig vorkam, zur Rede stellen. Der Geruch des schwarzen Bieres, das sich die Bauern in ihren Häusern brauten, wehte aus seinem unsichtbaren Mund und vermischte sich mit dem tauigen Duft der Abendwiese.

– Ich hab' ein Seil gefunden.

– Ein Seil?

– Ja. Es liegt dort hinten im Gras. Ziemlich dick ist es, du würd'st dich wundern. Bei uns gibt's niemanden, der so ein Seil hat.

– Ach! Und bloß deswegen gehst du hier draußen rum?

Es schien Raimund unwirsch zu machen, dass Bernhardt ihm nicht mehr zu sagen habe, ihn wegen einer läppischen und langweiligen Kleinigkeit wie dieser davon abhalte, sich der wichtigen Arbeit des Lädenschließens zu widmen. Kein Wort fiel mehr – Raimunds Arme fuhren ruckhaft aus dem Fenster heraus, griffen nach rechts und links, wobei kurz die prankenhaften, mit blondem Fell bedeckten Hände sichtbar wurden, dann flogen unter Krachen und Quietschen die Läden zu.

Bernhardt beschloss, ins Haus zurückzukehren. Als er durch die Tür trat, fand er die Wohnstube leer vor. Der warm-säuerliche Duft des Abendessens schwebte noch in der Luft, und die Kienspan-Lampe unter der Decke leuchtete so ruhig und geduldig, als warte sie auf etwas. Agnes, seine Frau, musste bereits in der Schlafkammer sein, und wirklich hörte er, durch die Holztür hindurch, wie sie nebenan über die knarzenden Dielen ging. Und noch ein Geräusch war da, ein feines Glucksen, mehr zu ahnen als zu hören, es drang aus einer Nische neben der Tür, die mit einem weißleinenen Vorhang abgetrennt war. Bernhardt lächelte ein zartes Lächeln, das sich in seinem herben und vierschrötigen Gesicht ausnahm, als habe es sich auf unerklärliche Weise darein verirrt und müsse im nächsten Augenblick wieder verschwinden.

– Eli–sa–beth …, Eli–sa–beth …, sagte er vor sich hin, so leise, dass er den Schlaf des Kindes nicht stören würde, und doch auch klar genug, um an dem Klang der Silben seine Freude zu haben. Er schob langsam den Vorhang beiseite und beugte sich über die Wiege: Elisabeths braunes Haar, das in den letzten Wochen, zur Freude der Eltern, kräftiger gewachsen war, stach von dem Weiß des Kissens ab; in ihren Mundwinkeln hatte sich, niedlich anzusehen, ein wenig Speichel gesammelt. Bernhardt zog sein Sacktuch aus der Tasche und tupfte den farblosen Schaum behutsam fort. Diese kleine Geste war es, die ihn erst recht glücklich machte, denn immer musste er etwas *tun*, musste seinem Glück durch irgendeine, wenn auch noch so winzige Tat nachhelfen, um es genießen zu können; hätte er einfach nur das schlafende Gesichtchen betrachtet, wäre gleich eine Unruhe in ihm wach geworden – jene unheimliche, nicht zu erklärende, immer wieder, und manchmal gerade in den besten Augenblicken, durch seinen Kopf huschende Furcht, das schöne und geborgene Leben, das er mit den Seinen führte, könne nicht von Dauer sein.

2

Das Seil ist lang

Im Morgengrauen kleidete Bernhardt sich an. Das frühe Erwachen lag ihm im Blut, und heute war er noch zeitiger auf den Beinen als gewöhnlich, denn die bevorstehende Ernte machte ihn unruhig. Während er sich das Wams zuknöpfte, warf er einen Blick aus dem Fenster, nach der Richtung hin, wo das Seil lag. Überrascht hielt er inne: Im trüben Licht zeichneten sich am Wald dunkle Gestalten ab, sechs oder sieben Männer mussten es sein, beinahe die Hälfte des Dorfs; was hatten sie so früh dort zu tun?

Als Bernhardt nach draußen trat, wehte ihm ein frischer, beinahe kühler Hauch entgegen, der ihn verwirrte. Am Himmel trieben zähe Wolkenschlieren, auch sie passten nicht recht zum Erntemonat, wirkten wie unzeitige Boten des Herbstes. Es schien ihm, als hätten selbst die Blätter der Bäume über Nacht ihr durchsättigtes Grün verloren, als mische sich ein feiner Gelbton, etwas von Mürbe-Sein und Überreife in das Laub – doch nein, das konnte nicht sein; das Frühlicht veränderte die Farben.

Die Bauern standen mit morgendlich abweisenden Gesichtern um das Seil.

– Grüß euch, rief Bernhardt im Näherkommen. Ich hab' das Seil gestern Abend schon gesehen. Wisst ihr, wem es gehört?

Niemand gab ihm eine Antwort, alle starrten auf den Boden oder ins Leere, nur einer murmelte etwas, das nicht zu verstehen war und keineswegs freundlich klang. Zum ersten Mal konnte Bernhardt das Seil jetzt deutlich sehen: Es zog sich sieben oder acht Schritt weit über die Wiese zum Waldrand hin, dort verschwand es zwischen den Stämmen im Dickicht. Er beugte sich herab, betrachtete das Seil mit bäuerlichem Kennerblick, ließ die Fingerkuppen drüberhingleiten. Dann schlang er es kurzentschlossen um seine Hand, machte einen Schritt zurück und begann kräftig zu ziehen. Das Seil hob sich aus dem Gras, schwebte in der Luft, zum Wald hin eine schräge Linie bildend, zitterte und schwankte, ohne nachzugeben – es musste im Unterholz festgebunden sein.

Bernhardt warf den anderen einen Blick zu, der munter und aufgeräumt sein sollte.

– Vielleicht wollen uns die Kinder einen Streich spielen?, sagte er. Na, das wäre ihnen wohl gelungen. Acht Männer haben nichts Besseres zu tun, als am frühen Morgen ein Seil anzustarren!

Die Bauern bohrten die Hände in die Taschen und sagten noch immer kein Wort. Bernhardt machte eine ärgerlich abwinkende Geste und ging auf die Bäume zu. Den Kopf gesenkt, drückte er einen Ast beiseite und schob sich zwischen die Stämme. Dunkelheit nahm ihn auf, denn das Licht der Sonne, das sich eben erst mit ungewissem Schimmern in den Kronen umtat, drang noch nicht so tief herab. Das Seil zog sich, soweit er sehen konnte, in gerader Linie in den Wald hinein. Einen Arm nach vorn gestreckt, den anderen schützend vor den Augen, arbeitete er sich Baum um Baum voran, feuchte Zweige streiften ihm übers Gesicht und Sträucher mit Dornen zerrten an seinen Hosenbeinen. Alle paar Schritt blieb er stehen, spähte vor sich ins Dickicht, ob das Seil nicht irgendwo angebunden sei, und ging murmelnd und kopfschüttelnd weiter. Mit jedem Meter wuchs in ihm das Gefühl, sich lächerlich zu machen: Noch nie war er so früh und mit nüchternem Magen in den Wald aufgebrochen. Und schon gar nicht, um einem Seil nachzugehen! Sicher würden die anderen schon über ihn grinsen, denn offenkundig hatte er beschlossen, den Hanswurst des Dorfes zu spielen …

Seine Augen begannen, sich an das spärliche Licht zu gewöhnen, immer klarer sah er auf dem nadelbestreuten Boden das Seil, das in sanften Windungen zwischen den Stämmen hinlief. Wie weit mochte er schon gegangen sein? Fünfzig, sechzig Schritt? Plötzlich fuhr ihm ein Zweig ins Gesicht, ein scharfer Schmerz ließ ihn aufstöhnen, er lehnte sich mit der Schulter gegen einen Stamm, stieß ächzend die Luft aus. Vorsichtig tastete er über seine Wangen: Die Haut unter dem Auge fühlte sich nass an, sie musste aufgeschürft sein. Er legte den Kopf in den Nacken, atmete mit aufgesperrtem Mund, als habe er einen anstrengenden Weg hinter sich, von dem er verschnaufen müsse. Dann stieß er ein pruschendes Lachen aus, das in der Stille des morgendlichen Waldes einen unheimlichen Klang gewann, fast als sei nicht er es, der da lachte, sondern ein anderer – und machte kehrt.

Als er wieder auf die Wiese trat, bot sich ihm das gleiche Bild wie eben, nur dass noch drei weitere Bauern hinzugekommen waren, auch eine junge Frau, die nichts als ihr Nachthemd und ein übergeworfenes Schultertuch trug, als sei sie, um sich das Spektakel nicht entgehen zu lassen, Hals über Kopf aus dem Bett gesprungen; dazu ein barfüßiges Mädchen mit blonden Flechten, das eine Katze im Arm hielt, und ein Greis mit stark qualmender Pfeife im zahnlosen Mund. Alle blickten ihm gespannt und schweigend entgegen.

– Das Seil ist lang! Ihr könnt mir's glauben! Ich bin ein weites Stück gegangen, aber das Ende hab' ich nicht gefunden.

Die Bauern hielten den Blick auf den blutigen Strich geheftet, der sich, vom Augenlid abwärts, quer über seine Wange zog. Bernhardt klopfte sich mit der flachen Hand auf die Brust, um die Tautropfen abzuschütteln, die wie ein durchscheinendes Hemd sein Wams bedeckten.

– Mir reicht es, sagte er im Ton sich entwickelnder Wut. Ich hab' Wichtigeres zu tun, als mich im Wald rumzutreiben! Verdammt noch mal, was soll das Ganze? Das dumme Seil stiehlt mir nur die Zeit – und euch auch!

Mit zügigem Schritt ging er mitten durch die Gruppe davon.

3

Sie beraten sich und
haben einen Einfall

In der Mitte des Dorfes stand eine Eiche, über deren Alter
die Bauern ebenso ehrfürchtige wie haltlose Mutmaßungen anstellten: Ihr Stamm war so dick, dass vier bis fünf
Männer ihn mit ausgestreckten Armen nicht umfassen
konnten, und die eckig durcheinander wuchernden Äste
bildeten eine Kuppel, die an sonnigen Tagen über zahlreiche Dächer einen Schatten legte. Um den Stamm
waren Tische und Bänke für die geselligen Zusammenkünfte aufgestellt, die sich in der schönen Jahreszeit stark
häuften: Jeder Bauer, der hier seinen Bierhumpen an die
Lippen führte, durfte sich dem bergenden Gefühl überlassen, dass man unter diesem Dach aus Zweigen vor
Jahren seine Geburt gefeiert hatte und dereinst auch
seinen Tod mit einem traurig-ausgiebigen Schmaus begehen würde.

An diesem Abend hielten die Männer an den Tischen

Rat ab, wann die Ernte beginnen sollte. Alle waren beunruhigt wegen der morgendlichen Kühle, die sich zur Unzeit einstellte, es war ja nicht einmal Mitte August, und auch wegen ein paar anderer Zeichen, die darauf deuteten, dass vielleicht schon bald, der Jahreszeit voraus, das Wetter umschlagen könnte. Der Boden auf den Feldern des Dorfes war mager, gab selbst in guten Jahren nicht viel her, und so pflegten die Bauern die Ernte lange hinauszuzögern, manchmal bis in den frühen September hinein. Heute jedoch war keine Rede davon: Alle stimmten überein, dass nicht mehr länger abgewartet werden dürfe; morgen sollten die letzten Vorbereitungen getroffen werden und Tags darauf die Ernte beginnen.

Kaum war der Entschluss gefasst, geriet die Versammlung zum Gelage. Die Männer rollten ein Bierfass heran, gepökelte Würste, Fladenbrote mit Schmalz, Krüge voll Most wurden über die Tische verteilt, alle entzündeten ihre langhalsigen Pfeifen und redeten über das Seil. Sie hatten es kaum abwarten können, ja manchem wäre es lieb gewesen, von Anfang an nur darüber zu sprechen, aber die Ernte musste dann doch, der guten Ordnung halber, als Erstes abgehandelt werden.

Seit dem Morgen war niemand mehr im Wald gewesen, andere Dinge hatten die Bauern über den Tag hin beschäftigt gehalten. Nur drei kleine Jungen waren auf Bernhardts Spuren losgezogen; doch hatten sie, wenn man ihnen Glauben schenken durfte, bald wieder kehrtgemacht und jedenfalls das Ende des Seils nicht gefunden.

Ihre Väter waren über diesen Ausflug in Zorn geraten und hatten sie mit Ohrfeigen und Stockschlägen bestraft, wofür sie einen triftigen Grund besaßen: Seit einiger Zeit schon zog ein Wolfsrudel in der Nähe umher, und den Kleinen war es streng verboten, auch nur einen einzigen Schritt in den Wald zu tun. Noch vor zwei Tagen war am Abend nicht weit entfernt ein Heulen zu hören gewesen: Die Kinder standen lauschend an den Fenstern, blickten mit Augen, die vor Angst gebührend geweitet waren, in die Finsternis und wurden von ihren Müttern, die sich die gute Gelegenheit nicht entgehen ließen, mit schrecklichen Warnungen überzogen. Beinahe noch mehr als die Wölfe waren bei den Dörflern die Wildschweine gefürchtet: Sie konnten in dieser Gegend groß wie junge Kälber werden und gingen in ihrem Ungestüm leicht auf Menschen los. An Geschichten über Jäger, die tot oder übel zugerichtet aus dem Wald getragen wurden, herrschte kein Mangel – und nicht jede davon hatten Mütter erfunden, um in die Seelen ihrer Kinder nützliche Angst einzugraben.

Der Lärm unter den Zweigen nahm einen Grad an, der selbst für die Verhältnisse des Dorfes ungewöhnlich war, niemand wollte darauf verzichten, durch Reden, Schlürfen und Schmatzen seinen Beitrag zum Getöse zu leisten.

– Jemand hat das Seil hingelegt, um uns zum Narren zu halten.

– Jawohl, du sagst es. Und wir alle fallen drauf rein!

– Aber wer war es? Das möcht' ich gern wissen.

– Vielleicht sitzt er hier am Tisch und lacht sich ins Fäustchen?

(Anhaltendes Gröhlen, Zuprosten mit Bierkrügen)

– Ich sag' euch: Wir sollten das Seil kappen und unter uns aufteilen. Es scheint ja lang genug zu sein! Da bleibt für jeden ein gutes Stück.

– Aber irgendwem muss es doch gehören – der wird sich bedanken, wenn du's ihm in Stücke schneidest.

– Na und – selber schuld! Was lässt er sein Seil im Wald rumliegen?

– Genau! Das wird ihm eine Lehre sein.

– Und obendrein muss er uns ein Bier ausgeben.

– Jawohl! Und ich geb' ihm noch einen Tritt dazu!

Michael, ein Mann mit besonders blonden Haaren, der immer ein unternehmendes Strahlen in den Augen hatte, auch wenn es gerade beim besten Willen nichts zu unternehmen gab, führte das große Wort. Er war bei den Bauern beliebt, sie schätzten seine dauerhaft fröhliche Stimmung und konnten sogar seinen Schwächen etwas abgewinnen: Zum Beispiel liebte er rasche Entschlüsse, die nie besonders klug waren, ihm auch häufig Schwierigkeiten einbrachten, dabei aber seiner Fröhlichkeit nicht schadeten. Nach seinem Gehabe zu urteilen, hätte er gut und gern der Dorfvorsteher sein können – wäre das Dorf nicht so klein gewesen, dass es keinen Vorsteher nötig hatte.

Seine Pfeife schwenkend und mit johlender Stimme erklärte er, dass er morgen früh in den Wald aufbrechen und nicht eher zurückkehren werde, als bis er das Ende des Seils gefunden habe – »und wenn ich zwei Stunden marschieren muss!« – »Ich komme mit!«, brüllte Raimund und schlug mit beiden Fäusten so hart auf die Tischplatte, dass die umstehenden Krüge ins Hüpfen gerieten; und noch ein Dritter schloss sich begeistert lallend an. Die übrigen hoben ihre Pfeifen auf den ausgezeichneten Vorschlag und pufften den Dreien mit lustiger Heftigkeit in die Rippen, auf die Schultern sowie gegen die Oberarme. Es dauerte noch eine Stunde, bis sich die Aufmerksamkeit vollends aufs Trinken verlagerte.

4

Erstes Unheil

Am nächsten Morgen trafen sich die Drei am Seil. Michael war in lustiger Stimmung und vibrierte vor Tatendrang, er trug Pfeil und Bogen auf dem Rücken und hatte sich überdies ein Jagdmesser umgeschnallt, was die zwei anderen für eine seiner üblichen Aufschneidereien hielten.

Raimund sah unter seinen buschigen Brauen, die auf ausgeprägten Knochenwülsten saßen und seine Augen sowie einen Teil der Wangen in Schatten hüllten, bärbeißig vor sich hin. Im Sonnenlicht trat eine Narbe, die sich schräg über seine Stirn zog, mit kraftvoll violettem Schimmern hervor. Seit einem unglückseligen Tag in seiner Kindheit trug er sie mit sich herum: Damals holte seine Mutter, die eine strenge Frau gewesen war, in einem Augenblick des Ärgers mit der Faust nach ihm aus, worauf er in blinder Angst durch die Stube flüchtete und, über die eigenen Füße stolpernd, mit dem Kopf voran in einen Stapel Hölzer stürzte. Später war die Narbe mit ihm gewachsen, hatte sich natürlich und zwanglos in seine Züge eingefügt, war zu einem selbstverständlichen Teil seines Gesichts geworden: Ohne sie hätte er nicht besser ausgesehen.

Ulrich, ein hübscher Mann, dessen Lippen so geschnitten waren, dass sie immer lächelten, und zwar auf eine vollkommen zufriedene und ahnungslose Art, war der Dritte des Grüppchens. Er besaß eine Vorliebe für auffallende Kleidung: So trug er heute eine himmelblaue Weste, wie sie im Dorf, solange selbst die Ältesten unter den Bauern zurückdenken konnten, noch nie vorgekommen war und dazu einen breitkrempigen Hut mit einer Fasanenfeder in Weinrot, den er sich schief übers Ohr gezogen hatte, was ihm vorzüglich stand. »Der schöne Uli«, wie sein naheliegender Spitzname lautete, musste sich immer wieder den Spott der anderen Dörfler anhören, wofür er allerdings nur ein souveränes Schulterzucken übrig hatte – er war überzeugt, dass sich hinter den Plattheiten, mit denen man ihn traktierte, nichts als Neid verbarg, und diesen wiederum konnte er, wenn er sich im Dorf umschaute, nur für berechtigt halten.

Michael und Uli unterhielten sich ein Weilchen, denn es gab irgendetwas unaufschiebbar Lustiges zu bereden; Raimund stand daneben und spuckte, wie es seine Gewohnheit war, geräuschvoll und ergiebig ins Gras, wobei er die Zungenspitze, zu einer schmalen Rinne geformt, zwischen den Lippen vorstreckte. Schließlich stieß er einen Fluch aus; worauf die Drei aufbrachen. Ein Greis, der in der Nähe seinen Morgengang machte, winkte ihnen zum Abschied mit dem Stock.

Es dauerte nicht lange, bis sich die ersten Dörfler am Seil einfanden: verkaterte und übernächtigte Figuren, die sich nach der gestrigen Ausschweifung nur mühsam aus den Betten gewälzt hatten und denen das morgendliche Licht zu schaffen machte. Die Neugier trieb sie dennoch her, sie wollten sich nicht entgehen lassen, welchen Fortgang diese seltsame Geschichte nehmen würde. Bald erschien auch Anna, Michaels Frau, die eine bäuerliche Schönheit mit unglaubwürdig blauen Augen war: Als sie sich über die Wiese näherte, schien sie mit ihrem leichten Schritt nur eben die Spitzen der Gräser zu berühren, und aus ihrem Lächeln sprach die sichere Erwartung, dass sich in der nächsten Sekunde alle Köpfe nach ihr umdrehen würden.

Eine Viertelstunde verging, und die Drei kehrten nicht zurück. Die Dörfler warteten und spazierten umher, erste Verwunderung kam auf. Hier und da schüttelte jemand den Kopf, vielsagende Blicke wurden gewechselt. Eine weitere Viertelstunde verstrich, und nichts geschah. Allmählich gerieten die Wartenden in Unruhe, niemand konnte begreifen, warum die Drei so viel Zeit benötigen sollten, das Ende des Seils zu finden. Die Angelegenheit, die bisher vor allem amüsant gewesen war, eine harmlosnette Abwechslung, mit der sich die Bauern das Warten auf die Ernte verkürzen konnten, fing an sich auszuwachsen. Längst standen sämtliche Dörfler am Wald versammelt, das taufeuchte Wiesengras war von all den Füßen flachgedrückt, manche traten dicht an die Bäume heran und spähten, die Hände auf die Schenkel gestützt und ohne viel zu sehen, ins Dickicht hinein.

So ging es über zwei Stunden. Mit einem Mal wurde ein Knacken hörbar, irgendwo in der Ferne ein Rascheln wie von zurückgebogenen Zweigen – dann ein schwacher Ruf, nicht zu verstehen, dem Klang der Stimme nach konnte es Michael sein. Anna, die schon seit einer Weile mit den Tränen zu kämpfen hatte, voller Aufregung und jetzt keineswegs mehr schwebend auf der Wiese herumging, legte die Hände an den Mund:

– Michael? ... Bist du es? ... Hier ... Wir sind hier!

Keine Antwort. Das Rascheln im Unterholz schien sich zu nähern, doch langsam nur, unverständlich langsam; Fetzen von Stimmen waren zu hören und verloren sich wieder im Rauschen der Bäume. Jetzt liefen zwei Bauern in den Wald hinein, den Ankömmlingen entgegen. Im Dickicht hörte man unklares Sprechen, dann wurden Gestalten sichtbar. Raimund kam als Erster, vor Erschöpfung röchelnd und gurgelnd, das Gesicht mit Erde verschmiert; einer der beiden Bauern ging an seiner Seite, Michael und der andere Bauer folgten ihnen nach. Alle vier trugen Uli an Beinen und Schultern – er schien ohnmächtig zu sein, der Kopf hing ihm auf die Brust herab und schaukelte lose umher, seine Hose war von Blut überlaufen.

Der Verletzte wurde auf die Wiese gelegt. Sein Gesicht war entfärbt, in den Haaren klebten Gräser und Moosfetzen, der Hut mit der Feder war nicht zu sehen, er musste ihn im Wald verloren haben. Mit entsetzter Schaulust beugten sich die Dörfler über ihn, eine Frau zog ein Tuch aus ihrem Ausschnitt und betupfte ihm die schweißnassen Wangen, eine andere war neben ihm in die Knie gegangen und rieb kraftvoll und grundlos seine Hände.

Michael und Raimund ließen sich zu Boden sinken; vor Erschöpfung waren sie kaum Herren ihrer Gedanken, Raimund spuckte mehrmals ins Gras, jedoch matt und ohne die Zunge zu einer Rinne zu formen. Lange Zeit brachten sie kein einziges Wort hervor, das verständlich gewesen wäre, dann erzählten sie, immer am Rand des Stammelns und Verstummens, eine Geschichte, die sie im Laufe des Tages noch oft wiederholen mussten. Am Abend hatte sie schließlich eine runde und passable, von den gröbsten Absurditäten freie Form gewonnen:

Eine halbe Stunde gingen sie durch den morgendlichen Wald, in sanften Windungen zog sich das Seil immer weiter und weiter hin: »Ich sag euch, ein so langes Seil habt ihr noch nie gesehen, ich konnt's nicht glauben!«

Als sie an einen Bach gelangten, legten sie eine Marschpause ein. Da hörten sie in der Nähe das Scharren und Grunzen von Wildschweinen. Kurzerhand zückte Michael seinen Bogen, Uli ließ sich von ihm das Jagdmesser geben und gemeinsam pirschten sie dem Rudel entgegen. »Wir dachten, was kann's schaden? Der Tag ist ja noch lang, und das Seil läuft uns nicht weg!«

Plötzlich sahen sie einen Eber in vollem Lauf auf sich zu galoppieren, »das Biest war grauslich, sag ich euch, ein riesiger Bursche! Zuerst dacht' ich: Das müssen zwei oder drei sein, so hat der Boden gezittert.«

Vor Schreck brachte Michael es nicht fertig, einen Pfeil abzuschießen, beide wandten sich kopflos um und rannten davon. Uli stürzte über einen Ast, und noch ehe er sich wieder aufraffte, war der Eber schon herangestürmt und machte sich über ihn her. Jetzt legte Michael den Bogen an, ein Pfeil traf das Tier in die Seite, quiekend ließ es von Uli ab und schleppte sich fort.

»Ich wollt' dem Vieh hinterher, ihm den Garaus machen, aber es ging nicht – ich musst' mich um Uli kümmern. Wie der geschrien hat – mein lieber Mann, als ob er geschlachtet würd'! Ich hör's noch jetzt in den Ohren, verflucht.«

Raimund kam hinzu, gemeinsam packten sie den Verletzten an Armen und Beinen und machten sich auf den Rückweg zum Dorf.

5

Der große Aufbruch

In der Frühe herrschte am Waldrand von Neuem Gedränge: Über ein Dutzend Männer, Beutel voll Proviant um die Schultern, Hirschfänger und lederne Wasserschläuche an den Hüften, standen aufbruchsfreudig beisammen, umarmten mit zerstreuter Ungeduld ihre Frauen, ließen sich von ihnen dies und jenes, das sie nicht brauchten, in die Taschen stecken, versuchten ihren Kindern übers Haar zu streichen, die spielend um sie herumhüpften …

Am Abend zuvor waren die Bauern wiederum unter der Eiche zusammengekommen. Bis in die tiefe Nacht und ohne viel Bier zu trinken, hatten sie palavert und sich die Köpfe über das Seil zerbrochen – und waren doch bloß zu dem Ergebnis gelangt, dass sie für dies Rätsel nicht die Spur einer Erklärung besaßen. So fassten sie den Beschluss, am Morgen alle gemeinsam loszuziehen, noch tiefer als Michael und seine Gefährten in den Wald vorzudringen, um endlich herauszufinden, was es mit dem Seil auf sich habe. Niemand wusste, wie viel Zeit dafür nötig sein würde, doch spätestens bis zum Nachmittag wollten sie ins Dorf zurückkehren und mit der Ernte beginnen.

Im Getümmel stand ein schmächtiger und kleinwüchsiger Mann, an dem seine dunklen Augen auffielen, die einen stechend-klugen Ausdruck hatten, und der sich auch sonst in nahezu allem von den Bauern unterschied: Es war Rauk, der Lehrer. Er lebte zwei Tagesmärsche entfernt in einem größeren Marktflecken und kam in unregelmäßigen Abständen her, um die Kinder des Dorfes, so gut es ging, im Lesen und Schreiben zu unterrichten. Gestern Abend war er unversehens wie immer erschienen; er nahm an der Versammlung unter den Zweigen teil, war von der Geschichte, die er zu hören bekam, sogleich gefesselt und bestand darauf, am Morgen mit loszuziehen.

Die Dörfler standen zu Rauk in einem scheu-unherzlichen Verhältnis, in dem sich Respekt und eine heimliche, nicht recht in Worte zu fassende Abneigung die Waage hielten. Zwar wussten sie es zu schätzen, dass er ihren Kindern, aus irgendeinem gutartigen Antrieb heraus, wenigstens eine Spur von Bildung zu geben versuchte. Doch zugleich war er ihnen nicht geheuer, sie brachten es nicht fertig, auch nur ein paar Worte mit ihm zu wechseln, ohne ein Gefühl des Fremdartigen, auf ungreifbare Weise Bedrohlichen zu empfinden. Die Sache wurde nicht besser dadurch, dass er einen missgebildeten Fuß hatte, den er beim Gehen nachziehen musste. Das Gerede darüber war genussvoll und konnte ganze Abende ausfüllen; alle waren sich einig, dass Rauk ein »Gezeichneter« sei, und nicht nur die Kinder machten sich über den gewaltigen Schuh lustig, der aus seinem Hosenbein wuchs.

Zwei riesenhafte Hunde mit rotbraun gestromtem Fell tänzelten jaulend und winselnd um Rauk herum: Es waren die Doggen Thor und Hetzer, die er auf seinen Wegen durch die Wälder mitführte, um sich gegen Wölfe und andere Gefahren zu schützen. Sie taten alles, um sich von ihrer furchteinflößendsten Seite zu zeigen, ließen ein gurgelndes Bellen hören, das immer wieder die Gespräche der Bauern übertönte, sperrten, auch wenn sie nicht bellten, die Mäuler mit den schweren Reißern auf, zerrten so heftig an den Riemen, dass Rauk sie nur mühsam halten konnte …

Johannes, ein kleiner und dicklicher Mann mit verschwommenem Gesicht, stand ein paar Schritte abseits und verschränkte schmollend die Arme. Er war gestern Abend ausgewählt worden, als einziger Mann im Dorf zu bleiben, um die Frauen und Kinder nicht ohne Schutz zu lassen. Da niemand diese Aufgabe freiwillig hatte übernehmen wollen, war nichts übrig geblieben, als die Münze entscheiden zu lassen, und sie war auf Johannes gefallen. Er kniff jetzt die Lippen zu Strichen zusammen und trug in fast kindischer Weise ein haderndes Gesicht zur Schau, um keinen Zweifel daran zu lassen, wie bedrückt es ihn machte, nicht mit aufbrechen zu dürfen. Aber keiner nahm Notiz davon, alle waren zu sehr mit anderem beschäftigt, und wer doch einmal einen Blick auf ihn warf, empfand nicht etwa Mitleid, sondern kämpfte gegen ein Grinsen.

Anna hielt ihren Mann umarmt, es fiel ihr schwer, ihn gehen zu lassen, die Angst, die sie gestern um ihn ausgestanden hatte, war noch lebendig in ihr. Immer wieder schob sie ihren Mund an sein Ohr, um ihm leise Worte zuzuflüstern, einmal pflückte sie eine Blume von der Wiese und steckte sie ihm ins Knopfloch, als gelte es, sich für lange von ihm zu trennen. Michael quittierte all dies mit dem Lächeln des freudigen Besitzers, ließ sich im Übrigen aber anmerken, dass er für solche Dinge jetzt wenig Sinn erübrigen könne. Schließlich wandte er sich brüsk von ihr ab, streckte die Arme über den Kopf und klatschte in die Hände:

– So, Männer! Lang genug gewartet! Kommt jetzt, es wird Zeit, lasst uns gehen!

Niemand beachtete ihn. Die Angesprochenen gaben vor, nichts gehört zu haben, denn es verstand sich von selbst, dass Michael nicht das Recht besaß, das Zeichen zum Aufbruch zu erteilen. Eine halbe Minute verging, dann klatschte er von Neuem in die Hände – und wurde von Neuem überhört. Erst als er seine Versuche einstellte, nur noch gekränkt und ungeduldig neben Anna stand, die sogleich die Gelegenheit benutzte, ihn wieder mit beiden Armen zu umschlingen, kam Bewegung in die Männer.

Agnes ging zum Haus zurück, wo bereits die kleine Elisabeth, unruhig in der Wiege rutschend, mit einem hungrigen Schnaufen, das jederzeit in Schreien übergehen konnte, auf sie wartete. Als sie in die Stube trat, schlug ihr ein dumpf-bitterer Geruch entgegen, legte sich wie eine würgende Hand um ihren Hals – er stammte von Uli; Bernhardt und sie hatten den Verletzten, der sonst niemanden im Dorf besaß, bei sich aufgenommen. Er lag in einem Bett, das mitten im Zimmer behelfsmäßig für ihn aufgestellt war, und schlief. Das verletzte Bein, das Agnes mit Tüchern verbunden hatte, war über Nacht stark angeschwollen, und in den Morgenstunden hatten Fieberwallungen eingesetzt. Nur mit Mühe konnte er Luft holen, als läge auf seiner Brust ein schweres Gewicht, das er bei jedem Atemzug emporwuchten müsste. Verletzungen von Keilern waren bei den Bauern gefürchtet und standen in dem Ruf, oft böse zu enden.

Agnes setzte sich neben Ulis Bett, knöpfte ihr Kleid auf und legte sich den Säugling, der bereits in wissender Erwartung seine Zunge spielen ließ, an die Brust. In der einfachen und wohlaufgeräumten Stube, die vom Licht des Morgens durchflutet wurde, herrschte Stille. Nur Ulis Atmen war zu hören, in das sich ein reibendes Pfeifen mischte, dazu das glückliche Glucksen Elisabeths. Ulis Stirn war von Falten überzogen, die einem Älteren als ihm zu gehören schienen, und um seinen Mund spielten Zuckungen, die an ironische oder irrsinnige Grimassen erinnerten. Trotz allem besaß das Gesicht einen eigentümlichen Reiz, wie sich Agnes halb gegen ihren Willen eingestehen musste: Die Krankheit konnte seinen ein-fach-hübschen Zügen nichts anhaben, im Gegenteil, die Spuren des Leidens verliehen ihm einen reiferen Zug, eine Spur von gestandener Männlichkeit, die dem gesun-den Uli, der immer nur tumb und fröhlich vor sich hin lebte, bisher zu seinem Nachteil gefehlt hatte.

Sie nahm ein Tuch vom Bettkasten und strich ihm, behutsam tupfend, über die Stirn. Seine Kiefer arbeiteten, die Muskeln regten sich unter der stoppelbärtigen Haut, dumpf mahlend stießen die Zähne gegeneinander.

6

Schweigen

Die erste Zeit des Vormittags verbrachten die Frauen mit ihren üblichen Beschäftigungen, nur hin und wieder ging die eine oder andere zum Seil hin, lauschte für einige Minuten in den Wald hinein, ob nicht in der Ferne die Stimmen der Männer, das Bellen der Doggen zu hören seien, und kehrte wieder an ihre Arbeit zurück. Später begann sich der Platz am Waldrand zu füllen, immer mehr Dörfler standen wartend und schwatzend beisammen, waren auf angenehme Weise gespannt, wann die Männer kommen und was sie berichten würden. Die Frauen hatten in ihren Häusern eine besonders reichhaltige, beinahe festliche Mahlzeit zubereitet, wie sie es auch taten, wenn sie ihre Männer vom Jagen oder Holzschlagen zurückerwarteten.

Die Mittagszeit ging vorüber, und die Dörfler warteten weiter. Nach und nach wurde es stiller am Waldrand;

die Spannung nahm zu und büßte ihr Unterhaltendes ein. Hier und da fielen erste Bemerkungen über die Unzuverlässigkeit der Männer, die halb lustig und halb befremdet klangen. Das untätige Herumstehen zehrte an der Geduld und machte die Beine müde: Alle gingen von Zeit zu Zeit in ihre Häuser, um sich mit ausgestreckten Gliedern auf einen Stuhl zu setzen, doch fühlten sie sich dabei noch unbehaglicher als zuvor, und so kehrten sie bald wieder zurück.

Als sich am späten Nachmittag die Sonne den Spitzen der Bäume näherte, war allen ratlos und beklommen zumute. Niemand brachte noch ein Wort über die Lippen, erste Angst stellte sich ein. Welchen Grund konnte es geben, dass die Männer noch immer nicht zurückkehrten? Gewiss, dass der Marsch in den Wald eine ganze Weile in Anspruch nehmen würde, hatten die Dörfler vorausgesehen, aber dass die Männer nun geradezu bis zur Dämmerung ausblieben, auch ihr Versprechen nicht einhielten, noch heute mit der Ernte zu beginnen, war verstörend. Irgendetwas musste geschehen sein, das sie aufgehalten hatte, aber was?

Als sich das letzte Schimmern der Sonne aus den Kronen verlor, gaben die Frauen das Warten für diesen Tag auf. Sie wussten, dass die Männer jetzt im Wald nicht mehr die Hand vor Augen sehen konnten – selbst wenn sie dem Dorf bereits nahe gewesen wären, hätten sie doch nicht anders gekonnt, als ein Lager für die Nacht aufzuschlagen. In den Stuben standen weiter die vorbereiteten Mahlzeiten auf den Tischen; die Frauen aßen jetzt allein davon, wenn sie nicht zu appetitlos waren.

Am nächsten Tag lag dumpfes Schweigen über dem Dorf. Vom frühesten Morgen an sah man Frauen über die Wiese zum Waldrand gehen, eine Weile dort warten und lauschen, sich dann wieder mit beschwertem Schritt in die Häuser zurückziehen. Der Platz neben dem Seil blieb keinen Augenblick mehr leer – es war stillschweigend ausgemacht, dass immer irgendjemand dort Wache halten sollte, um das Herannahen der Männer so früh wie möglich zu bemerken. Unterdessen pochten die täglichen Pflichten mit fühlloser Sturheit auf ihr Recht: Die Frauen sahen nach den Kindern, taten das Nötige in Haus und Stall, hatten dabei noch größere Mühe als sonst, weil die Männer fehlten.

Agnes verbrachte viel Zeit mit der Pflege Ulis, umsorgte ihn nicht weniger gewissenhaft, als sie es getan hätte, wenn er ihr eigener Mann gewesen wäre, ja entfaltete sogar einen betulichen und erfindungsreichen Übereifer – so suchte sie ihre trüben Gedanken in Schach zu halten, schöpfte Trost aus einer Fülle von Beschäftigungen, die keineswegs alle nötig waren. Dennoch konnte sie keine Ruhe finden, war machtlos dagegen, sich immer wieder dieselben Fragen zu stellen: Bernhardt war ein treuer, zu seinen Worten stehender Mann, die Zuverlässigkeit selbst; wie konnte es sein, dass er seine Frau in solche Angst versetzte? Er würde wissen, wie es ihr erging, welche Sorgen sie sich machte, und dies Wissen, daran zweifelte sie nicht, würde ihm selbst eine große Last sein. Wenn es aber so war – warum kam er dann nicht, machte dem zehrenden Warten ein Ende?

Dass ihm etwas Ernstes geschehen sein könne, mochte sie noch nicht glauben. Wahrscheinlich würde sich für sein Ausbleiben am Ende eine Erklärung finden, die sich zwar niemand hätte träumen lassen, die aber auch völlig harmlos war. Was gab es denn schon, das den Männern dort draußen zustoßen konnte – alle waren ja erfahrene Jäger und gute Schützen, und Rauk führte auch noch seine schrecklichen Hunde mit.

Uli befand sich in schlechtem Zustand. Das Fieber war bedenklich stark, kam in Wellen über ihn, die noch heftiger sein konnten als am ersten Tag. Zwar wachte er immer wieder einmal auf, blickte dann aber nur matt ins Leere, kam über ein vegetierendes Dämmern nicht hinaus; er schien sich weder daran zu erinnern, was mit ihm geschehen war, noch zu begreifen, dass er in einem fremden Bett lag.

Einmal geriet er ins Phantasieren, ruckhaft atmend und den Kopf hin- und herwerfend, stammelte er unverständliche Worte. Plötzlich hob er seine Brust aus dem Kissen, krallte die Finger ins Laken, glotzte Agnes, die nahe bei ihm saß, mit staunenden Augen an:

– Agnes …? Warum … warum … bist du hier? Was … was …

Sie legte ihm die Hände auf die Schultern und drückte ihn mit einem besänftigenden Lächeln ins Kissen zurück:

– Hab keine Angst, Uli. Alles ist gut, mach dir keine

Sorgen. Du liegst in einem warmen Bett, und ich bin bei dir.

– Aber … aber … warum …

– Du bist ein wenig krank, Uli, deinem Bein geht es nicht gut. Bernhardt und ich haben dich zu uns genommen, so bist du nicht allein. Versuch nun, nicht mehr zu sprechen …

Sie redete noch weiter auf ihn ein, sachte und beruhigend wie zu einem Kind, das vieles noch nicht begreift, sachte und beruhigend zu sich selbst.

Johannes gab eine wenig glückliche Figur ab. Mit allem, was er tat, löste er bei den Frauen Kopfschütteln aus, ja sie hätten sogar, wäre ihnen nur weniger ernst zumute gewesen, offen und hämisch über ihn lachen können. Noch nie hatte er zu denen gehört, die im Dorf Respekt genossen – im Gegenteil besaß er den Ruf, ein ziemlich einfältiger, manchmal geradezu trottelhafter Mensch zu sein, der nur selten einen Satz sagte, der Hand und Fuß besaß, und mit dem sich auch sonst nichts anfangen ließ. Umso mehr war er nun, da er sich als einziger Mann im Dorf wiederfand, darauf bedacht, seine Autorität herauszukehren. Mehrmals über den Tag hin ging er mit langsam-wichtigtuerischem Schritt herum, hielt bei diesem oder jenem Haus an, um nach dem Rechten zu sehen, klopfte an diese oder jene Tür, um einen Rat zu erteilen, der nicht benötigt wurde – und dergleichen mehr. Mit aussichtslosem Eifer unternahm er den Versuch, in die Rolle des starken Beschützers zu schlüpfen, der in einer

Lage, die an den Nerven zehrt – vor allem an den Nerven der Frauen! – in bewundernswürdiger Weise seine Gelassenheit wahrt. Dabei war er sich allerdings nicht sicher, ob sein Gehabe auch die gewünschte Wirkung erzielte; manchmal forschte er mit diskreten Seitenblicken in den Mienen der anderen, wie sie wohl über ihn denken mochten – und was er zu sehen bekam, machte ihn nicht ruhiger.

Der dritte Tag lag auf den Dörflern wie eine schwere Last. Alle waren nun von dem Gedanken beherrscht, dass den Männern ein Unheil geschehen sein müsse – wenn es auch niemanden gab, der eine deutliche Vorstellung besaß, worin dies Unheil bestehen könnte. Das Schweigen setzte sich fort und gewann einen unheimlichen Zug: Selten einmal war irgendwo eine Stimme zu hören, die Niedergeschlagenheit machte jedes noch so kleine Gespräch zu einer Anstrengung, die über die seelischen Kräfte ging.

Am Nachmittag trugen einige Dörfler die Bänke, die unter der Eiche standen, zum Rand des Waldes hinüber. Das Ausharren neben dem Seil war strapaziös, nicht nur die Alten hatten mit ziehendem Rücken und drückenden Füßen zu kämpfen; viele waren dazu übergegangen, sich beim Warten ins Wiesengras zu setzen, das jedoch in den Morgen- und Abendstunden feucht von Tau war; die herbeigeschafften Bänke machten diesen Unbequemlichkeiten nun ein Ende.

Am Abend, als nichts mehr im Dorf zu tun war, jeder

seine Pflichten, auch die zur bloßen Ablenkung ersonnenen, erledigt hatte, fanden sich sämtliche Dörfler am Wald zusammen. Der Mond ging über den Bäumen auf, weißgrau und ohne Teilnahme. Die Frauen wussten, dass ihre Männer heute nicht mehr wiederkehren würden, und doch empfanden sie es als tröstlich, noch eine Weile auf den Bänken auszuharren, gemeinsam mit den anderen die Zeit verrinnen zu lassen. Sie hingen ihren Gedanken nach, die zu nichts Gutem führten, und lauschten auf die Geräusche, von denen die Dunkelheit erfüllt war: Irgendwo in der Tiefe des Waldes, böse und leise, der Ruf einer Eule; näherbei, mit gespenstischer Klarheit zu hören, ein Scharren von Pfötchen im Laub, eine Maus wohl oder ein Igel; ab und zu ein spitzes Quieken, wenn die Zähne eines nächtlichen Räubers sich in ihr Opfer gruben.

7

Immer vorwärts!

Die Männer marschierten mit zügigem Schritt, einer hinter dem anderen in locker gefügter Kolonne. Der Wald begann bald lichter zu werden, die Tannen, die um das Dorf herum wuchsen, verloren sich und machten Buchen Platz, deren Stämme wie mattsilbrige Säulen in die Höhe stiegen. Ein leichter Wind ging, der sich rasch erwärmte, gleißendes Licht schoss durch die Kronen herab und sprenkelte den Boden mit tanzenden Flecken. Rauk machte seine Hunde los, und wie geschüttelt von Kräften sprengten sie durch die Weite, ließen ihre Zungen aus den Mäulern wehen wie rote Wimpel, sprangen einander in vollem Lauf, immer in Gefahr gegen Bäume zu prallen, über die Rücken und Hälse ...

Die Bauern waren glücklich. Immer wieder schauten sie nach vorn ins dunkelhelle Dickicht, konnten nicht genug bekommen vom Anblick des Seils, das mal deutlich sichtbar in der Sonne schimmerte, mal zwischen den mürben Brauntönen des Laubes verschwand. Sein Ende war nirgends zu sehen, weiter und weiter lief es dahin, zog sich wie ein unheimlicher Faden durch das Labyrinth der Säulen. Je länger die Männer gingen, desto stärker wurde die Wirkung, welche das Seil auf sie übte, jeder war von dem starken und das Herz pochen machenden Gefühl durchdrungen, etwas zu erleben, das in der Geschichte des Dorfes niemals da gewesen war und über alles Verstehbare hinausschoss.

Am frühen Mittag legten die Männer eine Rast ein. Sie streckten sich ins Laub, zogen ihren Proviant aus den Taschen, spritzten sich Wasser oder Bier aus den ledernen Schläuchen in die Münder. Im Laufe des Morgens hatte sich eine trockene Wärme im Wald verbreitet, von der gestrigen Frische, den seltsamen Wolkenschlieren am Himmel, war keine Spur mehr. Alle schauten schwitzend und dösend durch das Blätterdach in die Bläue hinein, neben ihnen lag das Seil im Laub, als gehöre es zur Gruppe und halte gemeinsam mit ihr Rast.

Nach einer Weile stand Bernhardt auf, stellte sich zwischen die Männer und sagte mit einer leichten Verlegenheit, wie jemand, der etwas Wichtiges auf dem Herzen hat und zugleich zu bescheiden ist, Aufhebens um sich selbst zu machen:

– Nun, Männer; wir sind jetzt schon einen halben Tag unterwegs. Es wird Zeit, ans Umkehren zu denken, oder nicht?

Kaum jemand rührte sich, fast alle waren mit ihren

schläfrigen Gedanken zu weit entfernt. Michael saß an einen Baum gelehnt und verzehrte eine lange Räucherwurst; er warf Bernhardt einen unmutigen Blick zu, als fühle er sich beim Essen gestört. Rauk war beschäftigt, dem sabbernden Hetzer, der mit weit gespreizten Beinen vor ihm stand, Fleischbrocken in den aufgerissenen Schlund zu werfen, und schien nichts gehört zu haben.

– Wir sind nun schon lange genug gewandert, sagte Bernhardt in das Schweigen, meint ihr nicht auch? Lasst uns umkehren, sonst werden wir nicht mehr rechtzeitig im Dorf ankommen.

Die Männer wechselten verstohlene und unbehagliche Blicke. Jemand murmelte etwas nicht zu Verstehendes, das am ehesten ein Fluch war, einige widmeten sich mit herausgekehrter Eindringlichkeit ihrem Proviant. Offenkundig war niemand aufgelegt, sich schon jetzt auf den Rückweg zu machen, alle fühlten sich noch voller Kräfte, die Lust am Abenteuer, am ganz Anderen, die sie hierher getrieben hatte, war noch lange nicht gestillt …

Jemand rief:

– Ach, jetzt übertreib nicht, Bernhardt. Es ist doch noch früh – gerade mal Mittag. Ein Stückchen werden wir noch gehen können!

– Genau! So eilig werden wir's nicht haben! Wir sind noch gar nicht weit marschiert.

Michael steckte den Finger in den Mund, um sich Wurstfetzen aus den Backenzähnen zu kratzen, und sagte in einem Ton, als habe er etwas Gewichtiges hinzuzufügen, das bisher noch keiner bedacht habe: Genau, es ist noch früh am Tag, lasst uns ruhig noch weitergehen, so eilig werden wir's nicht haben!

Rauk machte den Beutel mit Fleischbrocken, den er inzwischen geleert hatte, an seinem Gürtel fest und nahm auch Pfeil und Bogen vom Boden auf, als bereite er sich schon auf den Weitermarsch vor. Er nickte mit Nachdruck in Michaels Richtung, nicht nur, um ihm recht zu geben, sondern auch, um die ganze Angelegenheit, nachdem Michael sich so klug und erschöpfend zu ihr geäußert hatte, für entschieden zu erklären. Dann wandte er sich zu Bernhardt:

– Es ist gut, dass du uns an die Zeit erinnerst. Wahrhaftig, wir sollten nicht noch länger hier sitzen bleiben; die Sonne steht schon hoch, lasst uns am besten gleich aufbrechen! Umso früher finden wir heraus, was es mit dem Seil auf sich hat, und umso früher können wir zum Dorf zurückkehren.

Bernhardt machte eine schwache Gebärde, er hatte begriffen, dass seine Worte auf taube Ohren stießen. Ein Bauer nach dem anderen stand auf, alle begannen durcheinanderzureden, Thor bäumte sich vor Rauk in die Höhe und setzte mit heißem Winseln die Pranken auf seine Schultern, als wolle auch er dafür plädieren, dass die Männer weitermarschieren sollten. Die Ersten hängten bereits ihre Taschen um, niemand ließ auf sich warten.

Der Wald war nun nicht mehr flach wie am Morgen, sondern von leichten Erhebungen durchzogen, die in ruhig-gelassenem Rhythmus, ein Spiel von steigenden und fallenden Linien, einander folgten. Hellblaue Blumen, schöne Spätlinge des sich neigenden Sommers, wuchsen üppig zwischen den Bäumen, breiteten sich aus wie kleine Teiche. Das Seil lief immer weiter, zog sich in ausholenden Bögen um die Hügel herum oder stieg, gerade und zielstrebig, über sie hinweg. Mit jedem Schritt, den die Männer taten, spürten sie dem Rätsel nach, um dessen willen sie aufgebrochen waren, und mit jedem Schritt wich die Lösung dieses Rätsels weiter vor ihnen zurück. Die Zeit verging schnell, niemand gab auf sie acht, zu stark war der Drang, weiter und weiter zu gehen, selbst Bernhardt schwieg.

Am späten Nachmittag, als das Silber der Buchen dunkel anlief, wurden die Männer müde, spürten den Preis, den ein stramm durchwanderter Tag von ihnen forderte. In einer geräumigen Mulde, an der ein Bach vorüberfloss, machten sie Halt und richteten ihr Nachtlager ein. Ein Feuer aus trockenen Zweigen wurde entzündet, alle holten ihre Vorräte hervor, die vom Mittagsmahl noch übrig waren, dazu Pilze und Nüsse, die sie unterwegs in ihre Taschen gepflückt hatten; nichts schien zu fehlen, um es sich gemütlich zu machen, den Tag in wohlverdienter Behäbigkeit ausklingen zu lassen.

Alle blickten gestört auf, als sich Bernhardt in die Mitte der Gruppe stellte und mit erhobener Hand um Aufmerksamkeit bat.

– Wir sind jetzt einen ganzen Tag lang marschiert, Männer. Was ist aus unserer Abmachung geworden, bis zum Nachmittag wieder daheim zu sein? Wir haben sie gebrochen, und unsere Frauen warten vergebens auf uns.

Die Bauern blieben stumm, blickten unwillig zu Boden. Raimund, der sich eben am Feuer zu schaffen machte, einen schweren Ast in Händen hielt, den er über dem Schenkel in Stücke brechen wollte, entblößte mit einem Zischen die gelben Zahnreihen.

– Morgen früh müssen wir uns endlich auf den Rückweg machen, fuhr Bernhardt fort, es ist höchste Zeit! Bis wir im Dorf ankommen, wird noch einmal ein ganzer Tag vergehen. Ein ganzer Tag!

– Schon gut, verdammt! Das brauchst du uns nicht zu sagen!, rief Raimund, zerbrach mit einer wütenden Bewegung den Ast und hielt die beiden Enden wie Waffen in seinen dicken Fäusten. – Lass gut sein! Wir wissen selbst, wie weit der Weg zum Dorf ist!

Es gelang Bernhardt, ihm ruhig ins Gesicht zu blicken.

– Warum fährst du mich so an? Denk an unsere Frauen und Kinder. Sie werden sich große Sorgen um uns machen – vielleicht halten sie jetzt gerade unter der Eiche Rat ab, oder sie stehen am Rand des Waldes und warten auf uns. Wie sollen sie sich erklären, dass wir noch immer nicht bei ihnen sind?

– Mach halblang, Bernhardt!, rief jetzt Michael dazwischen. Was willst du denn eigentlich? Es ist ja wahr – wir haben ›abgemacht‹, bis zum Nachmittag im Dorf zurück zu sein. Gut – aber manchmal kommt's eben anders, als man denkt!

– Genau!, schrie ein anderer. Es kommt, wie es kommt! Und außerdem – du bist ja auch noch hier, Bernhardt!

Oder täusch' ich mich? Warum hast du denn nicht kehrt-gemacht – he?!

Bernhardt ließ den Blick zur Seite gleiten.

– Ja … Das stimmt wohl … Auch ich … bin bis hier-her mitgegangen … Aber – jetzt sage ich, dass es genug ist! Wir müssen umkehren! Die Ernte steht bevor – wir dürfen sie nicht länger aufschieben. Jeder weitere Tag, der ins Land geht, ist gefährlich, schon morgen kann das Wetter umschlagen!

Seine Worte machten auf die Bauern einen gewissen Eindruck. Bernhardt galt im Dorf als ein vernünftiger, wenn auch etwas spröder Mann, der höchstens ein oder zwei Mal im Laufe des Jahres betrunken war und auf dessen Urteil man etwas geben konnte. Er sprach nun Dinge aus, die sich die Männer auch selbst schon gesagt hatten: Immer wieder waren ihnen die Felder durch den Kopf gegangen, und es hatte ihnen einen Stich gegeben, ihre Frauen im Ungewissen zu lassen … Zugleich aber regte sich auch ein Widerwille in ihnen. Die Wanderung hatte sie tief aufgewühlt, sie brauchten nur an das Seil zu denken, schon sträubte es sich in ihnen, dies großartige Abenteuer abzubrechen, sich unverrichteter Dinge auf den Heimweg zu machen. Auch waren sie zu stolz und auf beschränkte Weise eigensinnig, um sich von jeman-dem, der ihresgleichen war, dem nicht das Recht zustand, sich für klüger zu halten als sie, Ermahnungen anzuhö-ren: Was nahm sich Bernhardt eigentlich heraus?

– Ich denke, Bernhardt, dass wir uns mit der Rückkehr noch ein wenig Zeit lassen können.

Es war Rauk, der sich jetzt zu Wort meldete. Er saß am oberen Rand der Mulde, ein gutes Stück über den anderen, hatte die Beine so übereinandergeschlagen, dass sein Klumpfuß verdeckt wurde, und blickte mit kaltem Lächeln herab.

– Das Wetter war prachtvoll heute, meinst du nicht? Ein warmer und sonniger Tag, am Himmel nirgendwo ein einziges Wölkchen; der Sommer, so zeigt es sich, ist noch einmal zurückgekehrt! Daher glaube ich, Bernhardt, dass wir uns wegen der Ernte nicht allzu sehr sorgen müssen. Wenn wir morgen noch ein wenig weitergehen, wer weiß: nur ein oder zwei Stunden, und uns dann auf den Rückweg machen, wird es noch zeitig genug sein.

Er spach deutlich artikulierend und mit sonorer Stimme, hin und wieder flocht er Gesten ein, die seine Hände vorteilhaft zur Geltung brachten und dabei etwas Nachdrückliches, ja heimlich Scharfes besaßen.

– Du hast uns auch daran erinnert, Bernhardt, dass wir eine ›Abmachung‹ getroffen haben. Ja, natürlich, das haben wir; und Abmachungen müssen eingehalten werden, gewiss … Aber bedenke bitte auch dies: Als wir gestern beschlossen haben, nicht länger als bis zum Nachmittag fortzubleiben, da konnten wir nicht voraussehen, wie tief – wie sonderbar und geheimnisvoll tief – uns das Seil in den Wald hineinführen würde. Und ebenso wenig konnten wir ahnen, dass sich das Wetter wieder bessern, dass uns der Sommer noch einmal warme und schöne Tage bescheren würde. Lasst uns ehrlich sein – wir haben uns geirrt! Die Abmachung war falsch! Und wenn sie falsch war, was geht sie uns dann noch an?

Lass mich schließlich noch ein Wort über unsere Frauen und Kinder sagen, Bernhardt. Ich glaube, dass die Dinge hier nicht gar so arg liegen. Wenn wir's recht bedenken, haben die, die daheim auf uns warten, keinen Grund, in Sorge zu sein. Wir sind über ein Dutzend Männer, und jeder von uns trägt Pfeil und Bogen mit sich – es gibt schlechterdings nichts, das uns gefährlich werden könnte! Und so werden auch die Frauen, da bin ich mir sicher, nicht in Angst um uns geraten; im Gegenteil werden sie sich sagen, dass es für unser Ausbleiben wohl einen triftigen Grund geben müsse. Später werden wir ihnen berichten, wie es uns ergangen ist, und dann werden sie begreifen, dass wir recht gehandelt haben – dass uns gar keine andere Wahl blieb, als weiter und weiter zu gehen …

Er reckte seinen schmächtigen Oberkörper in die Höhe und streckte den Arm zu einer Geste aus, die, ohne etwas Bestimmtes zu besagen, höchst ausdrucksstark wirkte. Die sinkende Sonne, die zwischen den Stämmen hindurchschien, hüllte seine Gestalt in einen rosa Schimmer und verlieh ihr etwas Würdevolles und Respektgebietendes, das sie bei gewöhnlicher Beleuchtung nicht besaß.

– Männer! Wir stehen vor einem großen Geheimnis. Jeder von uns spürt, dass es mit diesem Seil eine tiefe, wunderbare Bewandtnis hat. Schon heute Morgen, als wir aufgebrochen sind, haben wir es geahnt, und jetzt ist es uns zur Gewissheit geworden. Wer wäre von einem solchen Rätsel nicht gepackt? Und wer fühlte nicht den Drang, ihm auf den Grund zu gehen? Jetzt kehrtzumachen, mit leeren Händen ins Dorf zurückzukehren, wäre töricht. Lasst uns morgen früh weitermarschieren – nur um ein kurzes Stück noch, bis das Geheimnis sich löst!

Die Bauern hatten, während Rauk auf sie einsprach, die Köpfe zur Seite geneigt, die meisten hielten außerdem die Münder leicht geöffnet, und manche nicht nur leicht. Alle waren von seiner Beredsamkeit zugleich gefesselt und verwirrt: Es gab dies und das, was sie nicht vollkommen verstanden hatten, und doch waren sie sich sicher, dass er im Großen und Ganzen nur recht haben könne. Sie blickten ihn weiter erwartungsvoll an, obwohl sie sich im Klaren waren, dass er nichts mehr sagen würde.

Michael war der Erste, in den wieder Bewegung kam.

– Also, Männer! Ihr habt's gehört!, rief er und stemmte mit etwas aufgesetztem Eifer die Hände in die Seiten. Lasst uns jetzt entscheiden, was wir tun!

Er stieg zwei Schritte den Rand der Mulde hinauf, sodass er zwischen Rauk und den übrigen zu stehen kam.

– Ich frage euch: Wer ist dafür, dass wir morgen früh ins Dorf zurückkehren?

Bernhardt, der sich am tiefsten Punkt der Mulde auf einen Stein gesetzt hatte, hob die Hand. Ein anderer Bauer ließ ein leichtes Schnauben und Hüsteln hören, mit dem er sich Mut zu machen suchte, und tat es ihm gleich. Ein Dritter bewegte langsam und unklar den Arm, ließ Blicke aus den Augenwinkeln nach rechts und links spielen, um zu erforschen, was wohl die anderen tun würden – und schob die Hände in die Hosentaschen.

– Aha. So. Zwei Mann!

Michael sprach schon wieder sicherer und lauter, und um seine Lippen zuckte die erste Andeutung eines triumphalen Grinsens.

– Was ist mit euch anderen? Wollt ihr morgen früh weitermarschieren? Wenigstens ein Stück noch – bis zum Ende des Seils?

Sie wollten.

8

Neues Unheil

Der Himmel leuchtete sattblau zwischen den Zweigen, ein Sommertag begann, der so schön wie der gestrige zu werden versprach. Bernhardt ging schnell, legte einen ungeduldigen Schritt vor, denn er wollte keine Zeit versäumen, jede Minute, die er noch länger hier draußen verbrachte, fern von Agnes und Elisabeth, schien ihm eine Vergrößerung seiner Schuld.

Mit ihm ging Alfred, ein schwerfälliger und rotgesichtiger, schon in die Jahre gekommener Mann, der unter den Dörflern eine unauffällige Rolle spielte und dessen einzige ins Auge stechende Eigenschaft seine Fettleibigkeit war: Er besaß einen Bauch, der sich bei der Arbeit im Stall und auf dem Feld als vertracktes Hindernis auswirkte. An schlechten Tagen genügten bereits kleinste Anstrengungen, um ihn kurzatmig werden zu lassen, und gestern war solch ein Tag gewesen: Selbst die mildesten Steigungen hatten ihm zu schaffen gemacht, immer war er am Ende der Kolonne gegangen, ein in Schweiß schwimmender Nachzügler, der mit nichts als seiner eigenen Erschöpfung beschäftigt war. Die Wanderung noch weiter auszudehnen, hätte seine Kräfte überstiegen, selbst dem Weg nach Hause blickte er mit vorauseilender Atemnot entgegen.

Es war Bernhardt nicht entgangen, dass gestern einige der Bauern verstohlen darüber gelächelt hatten, dass niemand als ausgerechnet der übermüdete und entnervte Alfred bereit war, sich ihm anzuschließen. Die Dörfler besaßen einen fein entwickelten Sinn für die Reize der Schadenfreude, registrierten mit präziser Witterung jede noch so kleine Zurücksetzung, die einem anderen als ihnen widerfuhr – so bereitete es ihnen Genugtuung, dass Bernhardts einziger Begleiter ein Fußlahmer und Kurzatmiger war. Es kam noch hinzu, dass viele von ihnen ein schlechtes Gewissen hatten; der Gedanke setzte ihnen zu, dass es womöglich doch nicht recht sei, die Ernte hinauszuzögern, und sie fürchteten, Bernhardt könne sich ihnen gegenüber als der Überlegene fühlen. Daher hob es ihre Stimmung, dass Bernhardts Entscheidung zur Umkehr, indem gerade Alfred sich ihr anschloss, etwas von ihrer Würde zu verlieren schien.

Die beiden kamen auf ihrem Weg zunächst recht zügig voran. Alfred war guten Willens und schien besser auf den Beinen, als Bernhardt befürchtet hatte, auch schreckte er wohl vor dem Gedanken zurück, eine weitere Nacht unter freiem Himmel verbringen zu müssen. Es dauerte eine ganze Stunde, bis er anfing, unter der Wärme zu leiden, die zunahm. Bald brachte er, erst nur gelegentlich, dann immer häufiger, ein langgezogenes Jammern hervor, das theatralisch klang, dabei aber durchaus echt war; gestern in der großen Gruppe hatte er sich schlecht und recht zusammengerissen, heute, allein mit Bernhardt, hielt er mit seiner Not nicht mehr hinter dem Berg.

Als sie einen sehr mäßigen Hügel hinanstiegen, keuchte er zum ersten Mal: Ach, Bernhardt, ich kann nicht mehr, es ist so schrecklich heiß, lass uns eine Pause machen … – worauf er die Hand gegen sein Herz presste und minutenlang nicht zum Weitergehen zu bewegen war.

Am Mittag hatten die beiden nicht einmal ein Viertel ihres Weges zurückgelegt. Alfred erklärte mit einer Nachdrücklichkeit, die zu seiner sonstigen Schwäche wenig passte, er brauche nun endlich eine ausgiebige Rast, um wieder zu Kräften zu kommen – und schon ließ er seinen massigen Körper ins Laub sinken. Bernhardt, dem nicht nach Ausruhen zumute war, nutzte die aufgezwungene Pause, um in der Umgebung nach Essbarem zu suchen, was im Übrigen nötig war, denn die beiden hatten ihre letzten Vorräte schon am Morgen aufgezehrt.

Als er nach einiger Zeit zurückkehrte, in den Taschen nichts als ein paar Bucheckern und vertrocknete Pilze, fand er Alfred schnarchend vor. Er schüttelte ihn so grob an den Armen, dass er über sich selbst staunte. Alfred hob behäbig die Schultern aus den Blättern, schien nicht zu begreifen, was Bernhardt von ihm wollte und sagte in ein langes gequältes Gähnen hinein: Warum soll ich mich eigentlich so anstrengen, verdammt noch eins?! Da hätt' ich auch bei den andern bleiben können …

Eine Viertelstunde verging, in der sich Bernhardt in gutem Zureden übte und Alfred, den der eingelegte Mittagsschlaf nur müder gemacht hatte, darum feilschte, noch ein Weilchen liegen bleiben zu dürfen. Als sie schließlich weitergingen, kamen sie keineswegs rascher voran als am Morgen. Bernhardts Unruhe wuchs, immer wieder trieb er Alfred zur Eile, manchmal fasste er ihn mit beiden Händen um die fetten Hüften und schob ihn vor sich her – dann blickte Alfred ihn nur hilflos an und ließ, um sich zu entschuldigen, ein schnappendes Atmen hören.

Als der Nachmittag bereits vorangeschritten war, kamen die beiden an einer ausgedehnten, talartigen Senke vorüber. Sie war mit Bäumen und hohen Farnen bewachsen, in denen schon, früher als im übrigen Wald, die Schatten der Dämmerung nisteten. Bernhardt erinnerte sich, dass das Seil, einen weiten Bogen beschreibend, um die Senke herumlief.

– Hör zu, Alfred, ich hab' eine Idee. Wir gehen nicht länger am Seil lang, sondern quer durch die Senke. So schneiden wir ein gutes Stück Weg ab – und vielleicht schaffen wir's noch bis zur Nacht ins Dorf!

Alfred zögerte; der Anblick der Farne flößte ihm Unbehagen ein, und er scheute sich, den Weg im Helleren, der ihm von gestern her noch vertraut war, zu verlassen. Aber als Bernhardt schärfer wurde, ihm mit aufgeregter

Stimme androhte, ohne ihn weiterzugehen, begann er zu nicken.

Die beiden mussten, um in die Niederung zu gelangen, einen steilen Hang hinabsteigen. Alfred war in Angst, konnte sich nur schwer überwinden, die ersten Schritte abwärts zu tun; so bot ihm Bernhardt seinen angewinkelten Arm als Stütze an. Langsam und verkrampft, über Steine und hoch aufragende Wurzeln hinweg, stiegen die beiden in die Tiefe. Auf einmal gerieten Alfreds Füße ins Rutschen, mit einer heftigen Bewegung klammerte er sich an Bernhardts Hals und riss ihn um, die beiden rollten den Hang hinab, Bernhardt prallte gegen etwas Hartes, spürte ein Knacken und Bersten in der Brust, dann blieb er schwindelnd liegen, die Bäume wirbelten vor seinen Augen, ein Reißen in den Rippen ließ ihn kaum atmen.

Alfred kroch auf allen vieren zu ihm, fragte in stammelnder Angst:

– Bernhardt? Was hast du? Ich weiß gar nicht ..., was passiert ist. Mein Fuß ist abgerutscht, ich ... konnt' mich nicht mehr halten ...

Bernhardt stieß ein leises Wimmern und Röcheln aus, das mit seinem stoßenden Atem verschmolz. Lange lag er da, ohne ein Wort hervorzubringen, bewegte nur wie in Krämpfen die Lippen und starrte in die Zweige empor; dann versuchte er, sich aufzurichten. Alfred rutschte sinnlos um ihn herum und zog, um irgendetwas zu tun, an seinen Schultern und Armen. Bernhardt sank ächzend auf den Boden zurück, dann gelang es ihm, auf den Beinen mehr zu taumeln als zu stehen; langsam, ein Brennen in der Seite, das ihm beinahe die Besinnung nahm, setzte er sich in Bewegung, den Arm auf Alfreds Schulter. Vor lauter Benommenheit machten die beiden den Versuch, wieder den Hang zu erklimmen, doch dies war aussichtslos; so wandten sie sich um und traten den Weg durch die Senke an.

Die Farne standen dicht und gleichmäßig, bildeten im sinkenden Licht eine zartgrüne Fläche, die vor den Augen flimmerte. Schwärme von Mücken waren unterwegs, zogen wabernd zwischen den Bäumen hin wie Dunstschwaden, die der kühler werdende Abend hervorbrachte. Ein Wind regte sich, brachte die Wedel der Farne zum Schwanken und füllte die Senke mit einem milden Rauschen, das wie Regen klang.

Schritt um Schritt kamen die Zwei voran. Alfred war ein bemühter, doch wenig tüchtiger Helfer, der mehr mit sich selbst zu tun hatte, als für Bernhardt gut war. Manchmal geriet er aus dem Tritt, war nahe daran zu stürzen, obwohl sich ihm kein Hindernis darbot, dann wieder führte er Bernhardt allzu dicht an Bäumen oder tiefhängenden Zweigen vorüber. Von Zeit zu Zeit musste er sich auf den Boden hocken, um von den Mühen des Gehens auszuruhen; dann lehnte sich Bernhardt an einen Baum, da er die Schmerzen des Niedersetzens und Wiederaufstehens fürchtete, und sperrte, um sich das Atmen zu erleichtern, weit den Rachen auf.

Längst war es Abend geworden. Die Farnwedel büßten ihre Umrisse ein, ragten nur noch schemenhaft, wie die gespreiteten Flügel riesiger Vögel, in die Höhe. Zugleich nahmen sie an Größe zu: Bisher hatten sie den beiden nicht über die Hüften gereicht, jetzt strichen sie ihnen mit raschelnden Gebärden um Schultern und Stirnen. Wie lange waren sie nun schon in diesem Gewirr aus Farnen und Bäumen unterwegs? Mussten sie es nicht, so langsam sie auch vorankamen, längst durchquert haben? Würden sie die ganze Nacht darin gefangen bleiben?

Als die Finsternis vollkommen geworden war, die Bäume ihnen schwarz und bösartig den Weg vertraten, gaben sie auf. In der Hoffnung, dass sie am nächsten Morgen, bei Helligkeit und mit frischen Kräften, zum Seil zurückfinden würden, legten sie sich auf den Boden. Bernhardt wand seinen Körper hin und her, versuchte mit verzweifelter Geduld, eine Lage zu finden, die ihm halbwegs erträglich war – darüber fiel er in Bewusstlosigkeit. Alfred lag noch lange mit glotzenden Augen da, denn die Ungewissheit, was kommen würde, ließ ihn keine Ruhe finden, und schon lange quälten ihn Hunger und Durst.

Am Morgen konnte Bernhardt vor Schmerzen nicht aufstehen. Alfred machte sich wirr um ihn zu schaffen, nahm alle Kräfte zusammen, um ihn in die Höhe zu heben, doch vergebens. Bernhardt spürte ein Wühlen in den Schläfen, das ihn schwindeln machte und ein starker Husten schüttelte ihn, über die Finger, die er gegen seine Lippen presste, rann warmer und roter Schleim …

Als er nach einer Weile wieder sprechen konnte, bat er Alfred, ihn allein zurückzulassen, sich ohne ihn bis zum Seil und zum Dorf durchzuschlagen. Alfred spreizte die Hände vor der Brust:

– Nein, Bernhardt, das tu ich nicht! Was denkst du denn von mir? Glaubst du, ich brächte es fertig, dich im Stich zu lassen?

Aber Bernhardt beharrte auf seiner Bitte. Alfred dürfe sich nicht weiter verspäten, die Zeit dränge. Selbst wenn er bei ihm bleibe, werde er ihm doch nicht mehr helfen können, denn die Wunde in seiner Seite sei zu schwer. Alfred war heiß verschwitzt und den Tränen nahe, überschlug sich in Beteuerungen, ihn nicht verlassen zu wollen; aber als Bernhardt weiter in ihn drang, mit brüchiger Stimme an die Frauen erinnerte, die nun schon den dritten Tag vergeblich auf die Rückkehr der Männer warteten, gab er nach.

Zum Abschied drückte Alfred fest Bernhardts Hand:

– Kopf hoch, hab' keine Angst! Ich lass' dich nicht lange hier liegen, bestimmt nicht. Ich geh' nur schnell ins Dorf und sage Johannes Bescheid – dann kommen wir beide wieder her und holen dich. Ich versprech's dir! Du sollst sehen, spätestens morgen in der Früh' sind wir hier ...

Dabei blickte er ihn mit gepeinigten Augen an, denn in Wahrheit war er ohne Hoffnung, ihn noch je lebendig wiederzusehen; zugleich empfand er Scham, dass er nicht den Mut zu ehrlichen Worten aufbrachte und diesen letzten Augenblick durch eine trübe Lüge besudelte.

Alfred bahnte sich, bei jedem Atemzug schnaufend, einen Weg durch die Farne. Er war jetzt immer in großer Angst, die nur durch seine Erschöpfung, eine gnädige Mattigkeit und Umnebelung des Kopfes, hintangehalten wurde. Von Zeit zu Zeit stellte er sich auf die Zehen, um über die Spitzen der Farne Ausschau zu halten: Wie konnte es sein, dass er noch immer nicht das Seil wiederfand? Bewegte er sich womöglich im Kreis? Oder lag die Senke schon hinter ihm – hatte er sie, ohne es zu bemerken, an ihrer dem Seil abgewandten Seite verlassen?

Am Mittag begann sein Herz in der Brust zu schmerzen. Er krallte sich mit der linken Hand an einem Farnbusch fest und suchte mit der rechten sein Hemd von der heißen Schulter zu ziehen. Das Atmen wurde ihm schwer, die Bäume um ihn her gerieten in Bewegung, rückten von allen Seiten heran, wollten ihn zwischen ihren dicken Stämmen zermalmen, mit letzter Kraft hob er den Arm, um die Angreifer zurückzudrängen, da sank er in die Tiefe.

Zweiter Teil

9

Eine Geschichte
für die Kinder und Enkel

Im Morgenlicht warfen die Bäume lange Schatten über den Boden, füllten den Wald mit einem Muster aus dunklen und blendenden Streifen. Zwischen die Buchen mischten sich nun Ebereschen, deren Zweige mit roten Beeren besät waren: Über den Köpfen der Männer wölbte sich das Blätterdach wie eine Sommerwiese voll winziger Blüten. Rauk hatte eine aus Horn geschnitzte Flöte hervorgezogen und spielte Wanderlieder; die treuherzigen Melodien waren den Bauern seit Kinderzeiten vertraut und gaben ihrem Schritt auf muntere Art den Takt vor.

Alle hatten über Nacht frische Kräfte gesammelt, sahen mit einer Mischung aus Übermut und festlicher Gespanntheit dem neuen Tag entgegen. Von dieser Wanderung ins Weite und Ungewisse würden sie bis ans Lebensende ihren Kindern und Enkeln erzählen und diese ihren Kindern und Enkeln, sie bildete den Höhepunkt ihres Daseins in den Hinterwäldern, das sich in zäher Einförmigkeit hinschleppte und von Ereignissen kaum je gestreift wurde. Die Bauern kannten wenig mehr als ihr Dorf – die Welt war für sie auf den kleinen Flecken aus Häusern und Feldern beschränkt, welche der Wald umspannte. Hier spielte sich alles ab, was das Leben für sie in Bereitschaft hielt, hier fanden sie ihre feste Heimstatt vom ersten Säuglingsschrei bis zum letzten Röcheln. Zweimal im regelmäßigen Gang des Jahres brachen sie zum nächsten Marktflecken auf, verkauften ihr Getreide und versorgten sich mit diesem und jenem, auf das sie nicht verzichten konnten. Wenn sie ins Dorf zurückkehrten, fühlten sie sich erschöpft und missbraucht, es war ihnen zumute, als seien sie nicht Tage, sondern Wochen fort gewesen, und voller Erleichterung traten sie wieder in ihre vertrauten Stuben, wie ein Waldtier in seinen Bau huscht. Zu den benachbarten Dörfern unterhielten sie nur wenig Verbindung: Ab und an holten sich die Männer dort ihre Frauen, ein wenig frisches Blut floss von hier nach da und von da nach hier; doch im Übrigen lebte man achtlos-stur nebeneinander her, ja man empfand für die Nachbarn sogar eine Art Herablassung, die von einer Generation an die nächste weitergereicht wurde und sich umso zuverlässiger erhielt, als niemand sagen konnte, worauf sie eigentlich beruhte … Das Seil zerrte die Bauern jetzt aus alldem heraus, es weckte eine Sehnsucht in ihnen, die bisher in unzugänglichen Bezirken der Seele verborgen gewesen war: ein Mal ihrer angestammten

Kleinwelt zu entrinnen, die tausend Fäden, mit denen sie an Haus und Dorf gefesselt waren, lustig-irrsinnig zu kappen.

Gelegentlich kam es vor, dass sie an das Dorf dachten – an ihre Frauen, die sich jetzt wohl ängstigen würden, an die vielen Pflichten, die auf sie warteten und die – anders als das Seil – ganz simpel und verständlich waren, nicht den Hauch eines Geheimnisses besaßen … Doch solche Gedanken besaßen keine Macht über die Männer, sie streiften nur an ihnen vorüber, als gingen sie sie nichts an. Die Frauen würden sich nun einmal gedulden müssen! Das ließ sich nicht verhindern, sie konnten es ihnen nicht abnehmen, und am Ende würde es auch so schlimm nicht sein. Bernhardt und Alfred hatten sich ja schon auf den Rückweg gemacht, in ein paar Stunden, spätestens am Abend, würden sie im Dorf ankommen. Sie würden Bericht darüber erstatten, dass es den Männern gut ging und was der Grund für ihr langes Ausbleiben war, so brauchten sich die Frauen nicht zu sorgen. Und auch die Ernte konnte noch ein wenig warten, Rauk hatte ganz recht – es war so warm wie seit Wochen nicht, der Herbst lag wieder in beruhigender Ferne; wäre es nicht geradezu eine Übereilung gewesen, die Felder bei so prächtigem Wetter schon abzuernten?

Wann immer die Bauern den Versuch unternahmen, über das Seil nachzudenken, setzte in ihren Köpfen ein Stocken ein, manchmal spürten sie sogar einen Anflug von körperlichem Schwindel. Das Nachdenken war ja ohnehin ihre Sache nicht, und sie wussten es: Von früh auf hatten sie gelernt, dass es vieles gab, mit dem sie ihre Gehirne gar nicht erst abzumühen brauchten. Wie sollten sie da an dem Rätsel, welches das Seil ihnen aufgab, nicht scheitern? Aber gerade diese Unergründlichkeit zog sie an – das Seil gewann umso mehr Macht über sie, je weiter es über die Grenzen ihres Verstandes hinausragte. Mit Gedanken konnten sie dem Seil nicht beikommen, also blieb ihnen nichts übrig, als immer weiterzugehen. Früher oder später würde sich das Rätsel schon lösen! Sie dachten nicht mehr, sondern marschierten nur noch.

Am Mittag machten die Männer Halt und schwärmten in kleinen Gruppen zum Jagen aus. Schon während der morgendlichen Wanderung hatten sie bemerkt, dass der Wald in dieser Gegend reich an Wild war, und tatsächlich kehrten alle mit Beute schwer beladen zum Lager zurück: Sie trugen Schnepfen, Birkhühner, Kaninchen über den Schultern, und zwei hatten sogar einen ausgewachsenen Rehbock geschossen, den sie mit stolzem Grinsen an den Hinterläufen herbeischleiften. Alle hätten leicht noch mehr Wild erlegen können, doch dessen bedurfte es nicht, schon jetzt war die Beute überreichlich und würde bis weit in den nächsten Tag hinein vorhalten.

Sie brieten den Bock und zwei Schnepfen über dem Feuer, aßen dazu Pfifferlinge, die sie auf heißen Steinen schmorten, Preiselbeeren und grüne Haselnüsse rundeten die Mahlzeit ab. Während des Schlingens erzählten sie einander dröhnend, wie es ihnen bei der Pirsch ergangen war:

– Ich hab' das Birkhuhn mitten im Flug erwischt, zwischen den Stämmen durch! Das Viech dacht' wohl, es könnt' sich wegmachen, aber ich hab' ihm einen schönen Gruß nachgeschickt – von hinten in den Brätz!

– Kaninchen gab's – ihr glaubt's nicht! So viele habt ihr noch nie gesehn, die flitzten nur so durch die Büsche. All' meine Pfeile hätt' ich verschießen können!

– Ach ja? Die verschießt du ja immer – und bringst doch nichts nach Haus'!

Als die Bauern weiterzogen, war der Wald ganz in Wärme und Schönheit getaucht. Rauks Flötenspiel schmiegte sich der friedlichen Stimmung des Mittags an, plätscherte in langsam-selbstversunkenem Rhythmus dahin. Die Männer gingen mit behäbigem Schritt, manche auf Wanderstöcke gestützt, die sie aus Ästen zugeschnitten hatten. Jeder sah nur den Hinterkopf dessen, der vor ihm ging, selten einmal sein Gesicht: So war er ihm zwar nahe und doch auch wieder allein für sich. Der eine hing am anderen, jeder spürte den feinen Sog der Kolonne, konnte sich wohligem Dösen und Träumen anheimgeben und wurde doch stetig vorangezogen. Auf den Weg zu achten, war kaum nötig, niemand brauchte mehr zu tun, als mit halbem Bewusstsein das Seil im Blick zu halten, dem Gleichmaß der Schritte zu gehorchen, sich als williges Glied in die Kette zu fügen.

Am späten Nachmittag, als der Wald sich verschattete, stießen die Männer auf einen Weiher. Kreisrund und dunkelgrün lag er zwischen den Bäumen, über der schillernden Fläche, die mit Seerosen betupft war, zogen Libellen im Zick-Zack-Flug ihre Bahnen. Die Bauern nahmen

eine Mahlzeit ein, die es mit der vom Mittag an Maß-
losigkeit aufnehmen konnte; nachher streckten sie sich
benommen ins weiche Ufergras und genossen die warm-
feuchte Luft, die sich in dem Ring aus Bäumen staute.

Rauk setzte sich abseits von den übrigen auf einen
Baumstumpf, zog Blätter und Schreibzeug hervor und
begann Aufzeichnungen zu machen. Die Bauern bemerkten es und tauschten Blicke, in denen sich Staunen und
tumbe Belustigung mischten: Wieder einmal mussten sie
den Kopf schütteln über diesen fremdartigen Menschen,
mit dem sie nichts auf der Welt gemein hatten, abge-
sehen von dem einen, dass auch er unter dem Bann des
Seils stand.

Später nahmen Raimund und drei andere ein Bad im
Weiher. Die Dämmerung war schon vorangeschritten
und hatte alle Lichter auf der runden Fläche gelöscht.
Das Wasser war nicht tief, es reichte den Männern nur bis
an die Brust; da niemand schwimmen konnte, verlegten
sie sich aufs Waten, anfangs mit einem leichten Unbehagen, dann so verspielt wie Kinder: Bald versuchten sie
einander ein Bein zu stellen, die Köpfe unter Wasser zu
drücken … Auch Thor und Hetzer stürzten sich in den
Weiher und schwammen, eine Spur schaumigen Kiel-
wassers nachziehend, zwischen den Männern herum. Da
nur ein Stück ihrer muskelgespickten Rücken, dazu die
langen, schräg aus dem Wasser ragenden Hälse mit den
gedrungenen Köpfen zu sehen waren, ähnelten sie bizar-
ren Ungeheuern, die es nirgendwo sonst auf Erden gab.

10

Gewalt

Die Männer wanderten guter Dinge, wenn auch unter der Wärme leidend, die seit dem gestrigen Tag noch zugenommen hatte, durch ein lichtes Waldstück. Plötzlich blieb Michael, der vorneweg ging, stehen und stieß einen Ruf aus; alle hoben die Köpfe, Rauk unterbrach sich in seinem Flötenspiel, einer nach dem anderen schloss zur Spitze auf, bis alle in einer Traube beisammenstanden.

Nicht weit entfernt, im Geflecht der Zweige verschwimmend, zeichneten sich Giebel und strohgedeckte Dächer ab, ein Dorf inmitten des Waldes, wie hingezaubert. Zögernd gingen die Männer weiter, sie waren verwirrt, hier in dieser Öde, wo sie seit Tagen keine Spur von Menschen zu Gesicht bekommen hatten, auf eine Siedlung zu treffen. Das Seil lief geradewegs auf das Dorf zu, beschrieb, kurz bevor es die ersten Häuser erreichte, eine Biegung und verschwand in der Tiefe des Waldes.

Am Rand einer Wiese blieben die Bauern stehen. Ein Dutzend Holzhäuser, deren Fensterläden geschlossen waren, lagen im Glanz der Mittagssonne. Zwischen ihnen wuchs hohes Gras, das seit langer Zeit nicht gemäht worden war und über dem Fliegen umherschwirrten. Eine alte Linde, unter deren Zweigen Tische und Bänke standen, warf ihren Schatten über die Dächer wie ein lastendes Gewicht. Menschen waren nirgends zu sehen; hinter einem Staketzaun, der nur eben noch über die Spitzen der Gräser ragte, lag eine Weide, auf der kein Vieh mehr graste.

Die Männer hatten Scheu, sich den Häusern zu nähern, standen wie vor einer Schwelle, die sie nicht überschreiten durften. Die Doggen waren von derlei Hemmungen unbelastet, in hohen federnden Sprüngen preschten sie durchs Gras, ließen ein scharfes Bellen hören, das von den Häuserwänden widerhallte, und schnoberten an Türen und Fensterläden. Gespannt warteten die Männer ab, ob auf diesen Lärm hin irgendwo ein Mensch hervorkommen werde, doch nichts regte sich. Schließlich blieben Thor und Hetzer stehen, blickten mit schräg aufgerichteten Ohren hierhin und dorthin, als seien nun auch sie mit ihrem Latein am Ende und müssten sich besinnen, was in einer Lage wie dieser zu tun sei.

Die Bauern lösten sich vom Saum des Waldes, gingen schweigend über die Wiese. Angestrengt sahen sie auf die Häuser, suchten irgendetwas an ihnen zu entdecken, einen Fingerzeig, der ihnen helfen könnte, dem Rätsel, das über dem Dorf lag, auf die Spur zu kommen. Das

Laub des letzten Herbstes häufte sich, vom Wind zusammengefegt, vor den Türen oder schmiegte sich in sanften Formen die Wände empor. Rote Pilze, die blutgetränkten Schwämmen glichen, wucherten im Holz; Spinnweben hingen an den Fensterläden, hoben und senkten sich im vorüberstreichenden Wind. Die Natur unternahm erste, noch von Geduld im Zaum gehaltene Schritte, sich das Dorf zurückzuholen.

Mit dem Gefühl, etwas Vermessenes zu tun, öffneten die Bauern die Türen, die nicht verschlossen waren. Moderige Luft schlug ihnen entgegen und drückte gegen ihre Hälse. Langsam, im Kampf mit ihrem Ekel liegend, traten sie in dunkle Zimmer. Grob gezimmerte Möbel, die überrascht wirkten, schälten sich aus dem Dämmerlicht. Überall herrschte eine makellose, bis zum Unnatürlichen gesteigerte Ordnung: Jeder Tisch war sauber abgeräumt, jede Schranktür und Schublade geschlossen, nichts Einzelnes lag umher. Die Bewohner mussten ihre Zimmer, ehe sie sie verließen, mit übereifriger Gründlichkeit aufgeräumt haben, vielleicht um den Augenblick des Abschiednehmens hinauszuzögern oder sich durch sinnlose Geschäftigkeit über ihren Schmerz hinwegzuhelfen.

Nach einer Weile versammelten sich die Männer unter der Linde. Sie befreiten die Bänke von einer dicken Schicht modernden Laubs, hieben mit ihren Stöcken ins Gras, das auch hier kräftig aufschoss, dann nahmen sie unter den Zweigen Platz. Ein verlegenes Gespräch begann; niemand konnte sich einen Reim darauf machen, was hier geschehen sein mochte, keiner hatte je davon erzählen hören, dass eines der Dörfer, die über die Wälder verstreut lagen, von seinen Bewohnern verlassen worden wäre. Bald lauschten alle nur noch auf die Stille, die von einem großen Unheil zu erzählen schien, das vor langer Zeit geschehen war und von dem keine Spur mehr zeugte als eben diese Stille.

Michael schlug mit der Hand auf den Tisch und rang sich ein dürftiges Lächeln ab: So, mir reicht's. Kommt, lasst uns weitergehen. Was haben wir davon, wenn wir noch länger hier rumhocken!?

Zustimmendes Brummen von allen Seiten. Es drängte die Bauern, diesen unbegreiflichen und beklemmenden Ort zu verlassen, selbst das Sitzen auf den Bänken, die feucht und schwärzlich unter den Blättern hervorgekommen waren, bereitete ihnen Ekel.

– Ganz recht, Michael, sagte Rauk, wir sollten aufbrechen. Lasst uns aber, bevor wir gehen, noch einen Blick in die Häuser werfen! Vielleicht finden wir dies und das, was wir gebrauchen können.

Die Männer drehten ihm erstaunt die Köpfe zu, keiner war bisher auf einen solchen Gedanken gekommen; einige, die schon ihr Gepäck zusammenrafften, hielten inne.

– Was meinst du damit, Rauk?, fragte jemand. Sollen wir von Haus zu Haus gehen? Uns die Taschen füllen? So wie Diebe?

Die Bauern setzten entrüstete Gesichter auf, gaben sich das Ansehen von Leuten, denen ein unehrenhafter Vorschlag gemacht wird. Raimund spuckte geräuschvoll und ergiebig ins Gras, wobei ungewiss blieb, ob er lediglich seiner Gewohnheit folgte oder zum Ausdruck bringen wollte, was er von Rauks Vorschlag hielt.

– Schon gut, schon gut, sagte Rauk mit einem Lächeln, das nichts verriet als seine Überlegenheit. Ich weiß wohl, was ihr denkt. Es widerstrebt euch, in verlassene Häuser einzudringen, ihr möchtet nicht in Zimmer treten, die euch nicht gehören. Das ist verständlich, und es ehrt euch.

– Vielen Dank!, sagte jemand mit einer Trockenheit, die sonst unüblich war.

Rauk stand von seinem Platz auf, stellte sich vor den Stamm der Linde, der seinen Körper noch schmächtiger erscheinen ließ, und fasste die vor ihm Sitzenden ins Auge; es war offenkundig, dass wieder eine seiner Ansprachen bevorstand. Hetzer trottete zwischen den Bänken heran und nahm neben ihm Platz wie ein Leibwächter; gravitätisch trat er von einer Pranke auf die andere und wartete, was sein Gebieter sagen würde.

– Männer! Lasst uns freimütig über dies Dorf sprechen. Das hohe Gras und vieles andere zeigt uns, dass die Bauern, die hier gelebt haben, schon seit Langem fortgezogen sind. »Hier wohnt niemand mehr« – das war der erste Gedanke, der mir kam, als ich, vom Rand des Waldes aus, die Häuser liegen sah. Und als ich dann einen Blick in die düsteren Zimmer warf, da wusste ich, dass ich mich nicht getäuscht hatte. Die Bauern dieses Dorfs haben sich von ihren Häusern, ihren Weiden, ihren Feldern für lange Zeit, ja für immer wohl, getrennt. Es gibt keinen Zweifel, jeder kann es mit Händen greifen: Dies Dorf ist ausgestorben, nur noch eine Ansammlung von toten Behausungen – es *war* einmal ein Dorf, doch es *ist* keins mehr.

Als die Bauern von hier fortgegangen sind, haben sie ihr Hab und Gut zurückgelassen, es achtlos seinem Schicksal preisgegeben. Was mit all den Dingen hier im Dorf geschehen wird, wisst ihr so gut wie ich: Sie werden verkommen, sind dem sicheren Verfall geweiht – und an vielen Stellen sehen wir diesen Verfall auch schon am Werk. Nehmt dies Haus dort drüben (er machte eine kleine Geste aus dem Unterarm heraus, die in keine bestimmte Richtung wies): Als ich eben in die Stube trat, habe ich eine ganze Schar Mäuse aufgeschreckt – sie saßen auf den Tischen, sprangen von den Stühlen, einen wollenen Teppich hatten sie schon halb zernagt. Keine Frage: Über kurz oder lang wird alles in diesem Gespensterdorf dasselbe Schicksal erleiden, wird den Mäusen, den Käfern, den Würmern zur Beute fallen … Und nun frage ich euch: Wem ist damit gedient, wenn dies geschieht? Warum sollte es uns nicht erlaubt sein, die eine oder andere Kleinigkeit, die noch einen Wert besitzt, an uns zu nehmen? Haben wir uns wirklich etwas vorzuwerfen, wenn wir dieses oder jenes Stück vor dem sicheren Verfall bewahren? Glaubt mir: Was wir hier finden, ist herrenloses Gut, es gibt niemanden mehr, dem es gehört, und was niemandem gehört, das nehmen wir niemandem weg!

Wir dürfen nicht vergessen, Männer: Die Ausrüstung, mit der wir vor drei Tagen aufgebrochen sind, lässt in manchem zu wünschen übrig. Wir sind für unsere Wanderung keineswegs so gut ausgestattet, wie es nötig wäre – es gibt etliches, das uns empfindlich fehlt. Hier, in diesem toten Dorf, haben wir Gelegenheit, wenigstens die schmerzlichsten Lücken in unserer Ausrüstung zu schließen. Was meint ihr: Brauchen wir nicht zumindest ein paar Teller und Bestecke? Ein paar Pfeile für unsere Bögen? Ein paar warme Decken für die Nächte? Wenn wir unsere Wanderung zu einem guten Ende führen wollen, so haben wir geradezu die Pflicht, uns mit denjenigen Hilfsmitteln auszustatten, deren wir bedürfen. Täten wir es nicht, würden wir eine große Leichtsinnigkeit begehen, die wir vielleicht schon bald bereuen müssten.

Und wenn es nun jemanden unter euch gibt, der trotz allem noch immer zögert, so sei ihm gesagt: Was wir heute an uns nehmen, müssen wir ja nicht für alle Zeit behalten. Auf unserem Rückweg werden wir wieder an diesem Dorf vorbeikommen; und dann ist es jedem unbenommen, die Dinge, die er für eine Weile in Gebrauch hatte, an ihren alten Platz zurückzulegen. Wer weiß, vielleicht werden wir morgen früh schon wieder hier sein! Dann war alles nichts weiter als ein kurzes Ausborgen für einen guten Zweck – und selbst der Strengste unter euch wäre wohl außerstande, *da*gegen etwas einzuwenden.

Die Männer versuchten, ihre schlingernden Gedanken zu ordnen. Zwar waren sie keineswegs überzeugt, dass es sich tatsächlich um ein dringendes Gebot der Pflicht handeln sollte, die Häuser nach Brauchbarem zu durchstöbern. Doch der Widerstand, der sich anfangs in ihnen geregt hatte, war zusammengeschrumpft und alle hüteten sich, ihre Zweifel laut werden zu lassen, denn was immer sie auch sagen mochten, hätte nach Rauks Worten wie Gestammel geklungen. Die meisten gingen schon im Stillen durch, was sie in den Zimmern hatten stehen und liegen sehen, und tatsächlich erinnerten sie sich an manches, bei dem es schade gewesen wäre, wenn die Mäuse, die Käfer oder sonstige Konkurrenten es gefressen hätten …

Als Michael sich räusperte und in das abwartende Schweigen hinein sagte: »Nun ja, Rauk, das klingt nicht übel. Du hast schon recht: Warum sollen wir all das Zeug eigentlich verrotten lassen?«, gab es niemanden, der etwas zu widersprechen fand. Einige nickten so überzeugt und gewichtig, wie sie vor wenigen Minuten den Kopf geschüttelt hatten. Hetzer lief in lockerem Galopp eine Runde um die Linde und peitschte in unbestimmter Vorfreude mit dem Schwanz das Gras. Die Bauern dehnten ihre Arme und Rücken und warfen mit ernsten Gesichtern Blicke zu den Häusern hinüber, als gelte es, sich an eine Arbeit zu machen, die zwar nicht recht erfreulich war, an der aber nun einmal – leider! – kein Weg vorbeiführte.

Die Männer verteilten sich über das Dorf. Zunächst öffneten sie sämtliche Türen und Läden, um frische Luft in die Stuben strömen zu lassen und besseres Licht für das Bevorstehende zu haben. Dann machten sie sich daran, Haus um Haus, Stall um Stall, Schuppen um Schuppen zu durchkämmen. Eine Weile hatten sie noch mit

Skrupeln zu schaffen, es war ihnen zumute, als könne ihnen in jedem Augenblick von irgendwoher eine Stimme zurufen: »Nein! Halt! Was tut ihr da?« Doch je länger sie sich umtaten, desto leichter und beherzter streiften sie solche Widerstände ab, und bald gelang es ihnen, sich mit ganzer Kraft der Arbeit zu widmen.

Es gab keine Schranktür, die sie nicht öffneten, keine Schublade, die sie nicht hervorzogen, keine Truhe, die sie nicht mit beiden Händen durchwühlten. Dies und jenes ließen sie sogleich in ihren Taschen verschwinden, anderes, für das sie selbst keine Verwendung besaßen, das ihnen aber doch wertvoll genug schien, um mitgenommen zu werden, trugen sie hinaus auf den Platz unter der Linde. Im Dorf ging es wieder geschäftig zu, die verwaisten Häuser waren mit neuem Leben erfüllt; bald bildeten sich im Wiesengras zwischen den Türen und dem Sammelplatz breite Spuren, die den Männern das Gehen und Schleppen leichter machten.

Raimund hatte sein Hemd ausgezogen, die Hosenbeine bis über die Knie aufgekrempelt und war verbissen bei der Sache. In einem der Häuser fand er, in einer dunklen Ecke versteckt, eine Truhe aus Ulmenholz, die mit einem Schloss verriegelt war. Der Gedanke kam ihm, dass hier wohl etwas Besonderes zu holen sein müsse. Mit wüster Kraft rüttelte er an dem schweren Deckel, der jedoch nicht nachgab. Kurzentschossen lief er nach draußen und zog sich aus den Schätzen, die unter der Linde aufgehäuft waren, ein Beil hervor. Zurück in der Stube, versetzte er der Truhe mehrere Hiebe, die so laut waren, dass sie durch das ganze Dorf schallten. Ein Bauer, der eben am Haus vorüberging (er trug unter den Armen einen irdenen Bierkrug mit Deckel aus Zinn, ein hölzernes Schmuckkästchen, dessen Ränder silbern eingefasst waren, sowie eine Jacke mit Pelzkragen), blickte neugierig durch das Fenster herein und wurde gerade noch Zeuge, wie das Schloss der Truhe unter einem letzten Schlag polternd zu Boden fiel. In den Augen einen heißen Glanz, riss Raimund den Deckel auf, doch die Truhe war fast leer – nur ein paar Nachthemden aus zartrosa Linnen lagen darin, sorgsam gefaltet und geschichtet, dazu ein Beutelchen voll duftender Thymianblüten.

– Verflucht!, rief Raimund. Weiberhemden! Weiberhemden! Das gibt's doch nicht – wo haben die Leut' bloß ihre guten Sachen?

Der Bauer trat in die Stube herein, die sich, obwohl ein Windzug durch die Fenster strich, mit schwerem Schweißdunst füllte. Zunächst stellte er seine Kostbarkeiten abseits auf ein Tischchen, um sie vor Raimunds gefährlichen Bewegungen in Sicherheit zu bringen, dann postierte er sich mitten im Zimmer, reckte die Nase in die Höhe, als nehme er Witterung auf, und ließ genaue Blicke über sämtliche Möbel gleiten.

Mit einem gewitzten Zwinkern in den Augen:

– Vielleicht liegt was unter den Bodenbrettern?

Raimund hielt keuchend das Beil vor seiner Brust, die mit blondem Fell bedeckt war. Er warf dem Bauern einen überraschten Blick zu: Verflucht, gar nicht dumm. Vielleicht hast du recht!

Der Boden der Stube war mit langen Dielen gedeckt. Raimund holte weit über den Kopf aus und hieb das Beil so heftig ins Holz, dass Splitter scharf nach allen Seiten flogen; der andere sprang fort und drückte sich, die Arme schützend vor den Augen, gegen einen Schrank. Schlag um Schlag ging auf die Dielen nieder, ein Zittern und Knarren erfasste die gesamte Stube, die Fensterscheiben klirrten, und die Möbel rückten knackend von der Stelle. Zwischen den Hieben stieß Raimund ein raues Fauchen aus, sei es vor Erschöpfung oder Lust, und sein immer nasseres Fell bedeckte sich mit Spänen. Die Dielen waren aus Eichenholz und fest vernagelt, so gaben sie nicht nach. Raimund hielt inne und starrte den Boden an wie einen Feind, der ihm Widerstand entgegensetzte:

– Verflucht, so geht's nicht, rief er. Das Beil ist zu schwach! Ich brauch' eine Eisenstange. Draußen liegt eine, unter dem Baum! Hol sie mir – schnell!

– Jawohl, warte …

Der Bauer lief behende zur Tür hinaus, als habe er diesen Befehl erwartet und sei froh, endlich nicht mehr bloß müßig an der Wand zu stehen, sondern einen nützlichen Beitrag zum Spektakel zu leisten. Keine halbe Minute verging, und er stand schon wieder auf der Schwelle, im Gesicht das Lächeln des geschickten Helfers und unter dem Arm eine schwere Stange.

– Gib her!, brüllte Raimund und spuckte sich in die glühenden Hände. Er rammte die Stange in den Boden, wuchtete sie unter Reißen und Krachen hin und her, das Holz gab nach, er bückte sich, riss die Diele in die Höhe und schleuderte sie polternd zur Seite. Der andere Bauer ließ sich auf die Knie fallen, sah blinzelnd in die Bresche hinein, schüttelte den Kopf:

– Nein, nichts! Bloß Dreck, verdammt …

Ohne innezuhalten, machte sich Raimund an der nächsten Diele zu schaffen, rückte ihr erst mit dem Beil, dann mit der Stange zu Leibe, stemmte sie, vor Erschöpfung schreiend und hustend, in die Höhe. Der andere war zur Stelle, beugte den Kopf so tief vornüber, dass seine Kinnspitze den Boden berührte:

– Wieder nichts. Das gibt's doch nicht, verflucht aber auch!

Jetzt warf Raimund die Stange zur Seite und griff wieder zum Beil. Die Enttäuschung ließ seine Gier nur wachsen, sie war wie ein Tier, das wild und hechelnd in seinem Käfig umherspringt, sich zwischen den Gitterstäben durchzuzwängen sucht:

– Warte! Irgendwas finden wir hier, darauf kannst du Gift nehmen! Und wenn ich jedes einzelne Brett in Stücke schlagen muss!

Nicht weit von sich sah er einen Stuhl stehen: Mit genussvoller Wut ging er auf ihn zu, gab ihm einen scharfen Tritt, der ihn durch das halbe Zimmer schleuderte, folgte ihm wie einem Opfer, das vor seinem Peiniger zu flüchten sucht, und schlug ihn mit einem krachenden Beilhieb entzwei.

11

Ende des Wartens

Die Frauen hielten weiter Wache am Rand des Waldes. Noch immer sprachen sie kaum ein Wort, doch was gab es auch schon, worüber sie noch hätten reden sollen – die kleinen alltäglichen Dinge, welche das Dorfleben mit sich brachte, hielten sie für keines Wortes mehr wert, und um über das zu sprechen, was keineswegs klein und alltäglich war, fehlte ihnen die Kraft. So saßen sie stumm und ausdauernd auf den Bänken, hingen ihren Gedanken nach, die immer denselben Pfaden folgten und ergaben sich dem Kummer des Wartens. Wenn sie einen Blick zwischen den Stämmen hindurch in den Wald warfen, geschah es nicht etwa, weil sie sich noch der Hoffnung hingegeben hätten, in diesem Augenblick könnten die Männer zurückkehren, sondern sie folgten nur einer mechanisch gewordenen Gewohnheit, deren einziger und dürftiger Sinn darin bestand, den Überschuss an leerer Zeit zu füllen.

Die herbeigeschafften Tische und Bänke bewährten sich. Im Schatten des Waldes ließ sich die Hitze, deren Hauch schon vom frühen Morgen an spürbar war, recht gut ertragen. Mittags konnten die Dörfler, ohne ihren Warteposten aufzugeben, eine Mahlzeit einnehmen, indem sie Körbe mit Früchten, Brotlaibe und Butterfässchen aus den Häusern herholten. Kinder krochen auf dem Boden zwischen den Beinen ihrer Mütter herum und bekamen Apfelscheiben zugesteckt. Die alten Frauen hatten sich ihr Nähzeug mitgebracht und besserten Unterwäsche aus, oder sie schälten Möhren und Kohlrabi, aus denen sie später eine Suppe kochen würden. Das häusliche Leben hatte sich nach draußen verlagert, die Bänke und Tische glichen einer Bauernstube unter freiem Himmel.

Am Abend pflanzten die Dörfler brennende Fackeln um die Tische herum in die Wiese. Die Flammen züngelten in der sich vertiefenden Dämmerung, warfen einen flackernden Schein über die Stämme der nächsten Bäume und setzten den regungslos hockenden Gestalten Lichter auf. Inmitten der Fackeln empfanden die Frauen ein Gefühl des Geschütztseins, sie waren erleichtert, dass die Flammen die Finsternis auf Abstand hielten, der heraufziehenden Nacht, die lang sein würde und vor der sie sich fürchteten, etwas von ihrem Schrecken nahmen. Auch konnten sie sich der Vorstellung hingeben, mit den Lichtern ihren Lieben ein Zeichen zuzusenden: Wenn sich die Männer am Abend noch dem Dorf nähern sollten, würden sie schon von Weitem die Fackeln leuchten sehen. Zwar wussten die Frauen recht gut, dass dies ein sinnloser Gedanke war – schon hundert Mal hatten sie sich ja gesagt, dass die Männer im Dunkeln nicht weitermarschieren würden. Doch die Beklemmung, die gerade in den Abendstunden auf ihnen lastete, ihr Hunger nach Hoffnung und Trost waren so gebieterisch, dass selbst verquere Gedanken ihnen Erleichterung verschafften.

Das Seil lag noch immer da wie am ersten Tag – ein belangloses und unauffälliges Ding, im dichten Gras, das in den letzten Tagen noch gewachsen war, nicht leicht zu entdecken. Ein Fremder, der es hätte liegen sehen, wäre nicht auf den Gedanken gekommen, dass es eine besondere Bewandtnis mit ihm haben könne: Ein Seil eben – nichts weiter. Irgendjemand musste es vergessen haben, oder vielleicht hatten Kinder damit gespielt.

Agnes zog sich, wann immer sie konnte, in ihre Stube zurück. Sie wollte ihre Sorge und Trauer mit sich selbst abmachen: Auf den Bänken am Wald wäre es ihr gewiss nicht leichtergefallen, ihre Seele im Gleichgewicht zu halten, die stummen Gestalten hätten ihr einen Teil der Kräfte entzogen, die sie gerade jetzt so dringend benötigte – für den Säugling, der in der Wiege lag und dessen Vater nicht zurückkehrte; für den verletzten Uli, der von morgens bis abends, und oft noch bis in die Nacht hinein, ihrer Hilfe bedurfte; für all das Kommende, das sie sich in seinen unheimlichen Einzelheiten noch gar nicht vorzustellen wagte.

Es tröstete sie, im Haus von lauter Dingen umgeben

zu sein, die sie an Bernhardt erinnerten. Am Fenster stand der dreibeinige Stuhl, auf dem er noch am Abend vor dem Aufbruch gesessen, ihr schon ein wenig schläfrig, mit schwer hängenden Lidern, beim Stillen zugesehen hatte. Sie hatte den Stuhl seither nicht von der Stelle gerückt; das Kissen bewahrte noch den Abdruck von Bernhardts Rücken, und manchmal spielte sie mit der Vorstellung, sie brauche nur über den Stoff zu streichen, um einen letzten Hauch seiner Wärme zu spüren. Auf dem Fensterbrett lag Bernhardts weiße Tonpfeife; im Gang des Tages nahm sie sie manchmal zur Hand, sog den trocken-würzigen Duft des Tabaks ein, der ihr so lieb war, und betrachtete die winzigen Kerben, die Bernhardts Zähne in das Mundstück gegraben hatten.

Der Stuhl, die Pfeife und noch so viele andere Dinge riefen mit einer wunderbaren Genauigkeit, die niemals versagte, die Erinnerung an den Verschwundenen zurück. Manchmal gelang es ihr sogar, sich der wohltuenden Täuschung hinzugeben, Bernhardt sei gar nicht verschwunden, sondern nur für einen Augenblick aus dem Zimmer gegangen – gleich würde er wieder in der Tür erscheinen, über die knarrenden Dielen auf sie zugehen, auf den Lippen jenes geliebte Lächeln, das nicht in dieses Dorf passte, nicht in diese Welt.

Am frühen Abend, als es in der Stube dunkel wurde, überfiel Agnes auf einmal eine Unruhe. Die Geborgenheit, die sie bisher empfunden hatte, zog sich von ihr zurück und wich einem Gefühl des Bedrängtseins, der untergründig rumorenden Angst, dessen sie nicht Herr zu werden vermochte. Nichts schien ihr plötzlich verkehrter, als sich ausgerechnet in der Enge ihrer vier Wände einzuschließen – sie nahm Elisabeth auf den Arm und ging hinaus.

Mit ihrem kräftigem Schritt, der sie auch jetzt nicht verließ, ging sie über die Wiese zu den Bänken hinüber. Niemand wandte den Kopf zu ihr herum; die Wartenden mochten sie im Fackellicht nicht einmal bemerken, oder die einlullende Prozedur des Ausharrens hatte sie schläfrig gemacht. Ungewisse Lichter spielten über das Wiesengras, in dem das Seil verborgen war. Agnes stellte sich vor, dass in diesem Augenblick, irgendwo in der Tiefe des Waldes, Bernhardt und die anderen neben dem Seil ihr Lager aufgeschlagen hatten. So musste es doch wohl sein? Wie eine unheimliche Linie spannte sich das Seil durch die nächtliche Weite bis zu den Männern hin. Womöglich konnte sie, wenn sie nur eindringlich genug den Blick auf das Seil heftete, mit Bernhardt Fühlung aufnehmen? Vielleicht würde er spüren, dass sie ihm, über die furchtbare Ferne hinweg, nahe zu sein versuchte? Dass sie ihm, allein durch die Anspannung ihrer seelischen Kräfte, ein Zeichen zusandte?

In der Dunkelheit verzog sich ihr Mund zu einem gequälten Lächeln. Das lange Warten schien sie mürbe zu machen! Ihr den klaren Verstand zu rauben! Wie konnte sie ernsthaft glauben, dass dies Seil die Macht besitzen sollte, sie Bernhardt näherzubringen, den Abgrund zu überbrücken, der zwischen ihnen klaffte?

Uli ging es besser. Das Fieber war seit Kurzem schwächer geworden, und das leise Reiben und Schnarren in seinem Atem, das Agnes so oft gequält, vor dem sie sich manchmal die Ohren zugehalten hatte, war nicht mehr zu hören. Er lag jetzt am Tage meist wach, blickte mit zunehmender Aufmerksamkeit, die blassen und nach den Maßstäben des Dorfes feingliedrigen Hände auf der Decke gefaltet, im Zimmer umher. Das angeborene und überaus zufriedene Lächeln, das für einige Zeit aus seinem Gesicht verschwunden war, begann sich wiederherzustellen.

Am Morgen hatte er zum ersten Mal in zusammenhängenden Sätzen mit Agnes gesprochen. Während sie sich am Herd beschäftigte, den Rücken ihm zugewandt, fragte er mit noch matter Stimme, wobei er die Hände mit einer ersten Spur von Gemütlichkeit im Nacken verschränkte:

– Sag, Agnes: Wo ist Bernhardt?

Sie konnte ein Zucken des Kopfes nicht unterdrücken. Starr hielt sie die Augen gesenkt und gab sich den Anschein, seine Frage überhört zu haben, was in der kleinen Stube allerdings unmöglich war.

– Wo steckt er?, wiederholte Uli in einem gelösten und behaglichen Ton, als setze er ein Gespräch fort, das sie nur für kurze Zeit unterbrochen hatten. – Ich hab' ihn heut' noch gar nicht gesehen, ist er draußen, bei der Arbeit? Ach, ich muss lange geschlafen haben, es ist sicher schon Mittag.

Agnes spürte, wie ihr Atem schneller ging und ein

warmes Gefühl sich ihrer Augen bemächtigte. Was sollte sie ihm antworten? Er war ja noch schwach, das Fieber hielt an, wahrscheinlich würde es nicht gut für ihn sein, wenn er in Aufregung geriet; sie musste Zeit gewinnen, seiner Frage ausweichen …

– Bernhardt ist nicht da, sagte sie. Er ist … weggegangen.

– Weggegangen? Was meinst du? Ist er draußen, auf den Feldern?

– Nein, nicht auf den Feldern. Bernhardt ist … in den Wald gegangen.

– Ach? Was macht er denn da?

– Er ist … Weißt du, er …

– Will er etwa jagen? Oder Holz holen? Ausgerechnet jetzt, während der Ernte?

Agnes presste ihre Zähne in die Unterlippe. Sie besaß nicht die Kraft, dies Spiel zu ertragen, auch empfand sie Widerwillen, ein Gefühl des Beschämenden und ihrer nicht Würdigen, Uli hinters Licht zu führen. Brüsk wandte sie sich zu ihm herum:

– Bernhardt ist in den Wald gegangen, um herauszufinden, was es mit dem Seil auf sich hat.

Uli zog die Hände unter dem Nacken hervor, hielt sie rechts und links in die Höhe, als habe Agnes ihm etwas zugeworfen, das er auffangen wolle.

– Was? Aber …

Agnes hob die Schürze ans Gesicht und wischte sich die Augen.

– Es ist so, wie ich sage, Uli. Und wenn du noch mehr

wissen willst: Bernhardt ist nicht erst heute in den Wald gegangen, sondern schon vor vier Tagen. Seither warte ich auf ihn…

Uli öffnete kreisrund die Lippen und ließ die Hände regungslos, noch immer zum Fangen bereit, in der Luft schweben.

– Aber … Das kann doch gar nicht sein, dass er *so* lang' im Wald bleibt … Vier Tage! Da muss ihm doch irgendjemand nachgehen – muss ihn suchen! Was sagen denn die anderen dazu?

Nun gelang es Agnes nicht mehr, ihre Tränen zurückzuhalten.

– Ach, Uli. Bernhardt ist nicht allein in den Wald aufgebrochen. Alle … alle sind mit ihm gegangen! Nur wir Frauen sind noch im Dorf geblieben, und die Alten und Kinder.

Ulis Adamsapfel tanzte unter dem Kinn, er schien Agnes etwas Weiteres fragen zu wollen, schüttelte aber nur den Kopf und ließ langsam die Hände auf die Decke sinken.

Den restlichen Vormittag lag er stumm und fast regungslos da. Die schlechten Nachrichten schienen seiner Krankheit neuen Auftrieb zu geben: Mehrmals fiel er in ein Dämmern und Stöhnen, und auf seinem Gesicht erschienen wieder Zuckungen, die an Irrsinn erinnerten. Wenn er für eine Weile erwachte, starrte er die niedrige Decke an, und in seinen Augen lag ein Ausdruck von dumpfer Nachdenklichkeit, ohne dass sich Agnes allerdings sicher gewesen wäre, ob er wirklich nachdachte.

Dieser Zustand dauerte bis in den nächsten Morgen. Dann ging eine Veränderung mit ihm vor: Er wurde lebendiger, regte sich hörbarer unter seiner Decke, und immer weniger deutete darauf hin, dass ihn das Verschwinden der Männer noch bedrückt machte. Von Zeit zu Zeit stellte er Agnes Fragen, die um irgendwelche Kleinigkeiten des dörflichen Lebens kreisten und die er ihr auch hätte stellen können, wenn nichts Ungewöhnliches geschehen wäre. Agnes staunte, denn so viel Unbekümmertheit hätte sie selbst ihm nicht zugetraut; zugleich gab sie ihm geduldig Antwort und war für jede Frage dankbar wie für eine neue Aufgabe, der sie sich gewissenhaft widmen konnte.

Den ganzen Tag hindurch spürte Agnes jetzt Ulis Wachsein. Solange er ohnmächtig gewesen war, hatte sie sich fühlen können, als sei sie allein; nun konnte sie keinen Moment mehr vergessen, dass sie unter ihrem Dach einen Gast beherbergte. Er hatte sich ein zweites Kopfkissen unterlegen lassen und tat über Stunden nichts anderes, als mit einer ruhigen Neugier, die weder gestillt werden konnte noch durch Hemmungen gemildert war, jede Einzelheit der Stube in Augenschein zu nehmen. Wenn sie in seiner Nähe beschäftigt war, konnte sie sehen oder ahnen, wie er seine mitgenommen-hübschen Augen über wechselnde Partien ihres Körpers gleiten ließ; sobald sie ein paar Schritte machte, drehte er ungeniert und präzise den Kopf im Kissen, um sie nicht aus dem Blick zu verlieren.

Agnes wurde verlegen, wenn sie sich daran erinnerte, dass sie noch gestern, als Uli nur halb bei Bewusstsein gewesen war, mit mütterlicher Zärtlichkeit seine Hand gehalten, ihm beruhigende Worte ins Ohr geflüstert hatte. An derlei war nun gar nicht mehr zu denken – stattdessen ertappte sie sich, wie sie des Öfteren mit einer Handbewegung, die sich den Anschein des Beiläufigen zu geben suchte, übers Haar strich, um ihrem Gast einen gepflegten Anblick zu bieten. Bis vor Kurzem hatte sie mitten in der Stube die kleine Elisabeth gestillt; jetzt zog sie sich mit ihr, von den starrenden, jede Kleinigkeit einsaugenden Blicken des Kranken gefolgt, nach nebenan zurück und spürte dabei empfindlich, wie eine warme Röte sich auf ihren Wangen verbreitete. Bei alledem konnte sie nicht anders, als über sich selbst zu staunen: Wie war es möglich, dass in ihrem Leben, trotz allem und allem, noch immer Raum für mädchenhafte Verlegenheiten blieb, wann je würde das enden?

Johannes setzte sein unbeholfenes Gehabe fort, versuchte mit der gleichen aussichtslosen Beharrlichkeit wie am ersten Tag, den Part des starken Mannes zu spielen, an dem die Frauen dasjenige finden konnten, was ihnen jetzt am nötigsten war: eine Stütze in der Not. Dabei beschlich ihn, wenn er seine Runden durch das Dorf machte, inzwischen nicht mehr so häufig das Gefühl, eine peinliche Figur abzugeben. Mit Befriedigung stellte er fest, dass die hämischen Blicke, die ihn trafen wie unversehens ausgeteilte Kopfnüsse, seltener wurden. Er freute sich darüber, wusste jedoch in seiner Unsicherheit nicht recht, was er davon halten sollte. War es möglich, dass den Frauen einfach nur zu viel anderes im Kopf herumging, um ihm Beachtung zu schenken? Oder begann seine Autorität, um die es anfangs so schlecht bestellt gewesen war, nun doch zu wachsen? Immerhin: mit jedem Tag, der verging, mussten die Frauen es mehr zu schätzen wissen, dass es wenigstens *einen* Mann gab, der ihnen geblieben war!

Dass die Münze an jenem Abend ausgerechnet ihn bestimmt hatte, im Dorf zu bleiben, empfand er inzwischen nicht mehr als demütigend, sondern als die größte Wohltat, die ihm in seinem ganzen Leben widerfahren war. Je wahrscheinlicher es wurde, dass den Männern ein Unheil zugestoßen sein musste, desto mehr wuchs seine Genugtuung, nicht mit auf die Wanderung gezogen zu sein, sein vertrautes und beschauliches, gegen alle Unbilden geschütztes Dasein weiterführen zu dürfen. Und seine Bereitschaft, sich dieser Genugtuung hinzugeben, sie mit genießerischer Häme auszukosten, nahm zu. Abends flezte er sich in seinen dick gepolsterten Lehnstuhl, kippte das eine oder andere Gläschen von seinem selbstgegorenen Most herunter und überließ sich dem triumphalen, warm seine Eingeweide durchrieselnden Gefühl, dass ein schwerer Kelch an ihm vorübergegangen sei und dass *er* es war, der als Letzter lachte.

Am Abend des fünften Tages waren die Dörfler wieder vollzählig am Waldrand versammelt. Diesmal begnügten sie sich nicht damit, niedergedrückt und ergeben im Licht der Fackeln zu sitzen, sondern hielten Rat ab. Die Spannung, die über dem Dorf lastete, hatte ihren äußersten Punkt erreicht: Alle spürten, dass die Zeit gekommen war, dem verquälten, von Stunde zu Stunde sich fortfressenden Warten ein Ende zu machen, niemand wollte auch nur einen weiteren Tag so hinbringen. Also beschlossen sie, am nächsten Morgen mit der Ernte zu beginnen. Johannes und die Frauen, dazu zwei alte Männer, die noch halbwegs rüstig waren, sowie drei der größeren Jungen sollten auf den Feldern einbringen, was immer einzubringen war. Zwar hatten die Frauen noch nie eine Sense in der Hand gehalten, denn nach den ungeschriebenen Gesetzen des Dorfes war diese Bürde den Männern zugewiesen. Aber welche Rolle spielte das jetzt noch – es gab niemanden, der auch nur ein Wort über solche Kleinigkeiten verlor, ein Versuch musste gemacht werden.

12

Sie gehen nicht mehr allein
durch den Wald

Die Männer kamen langsamer voran als gewohnt, denn
sie trugen jetzt hohe, aus Weidenruten geflochtene Kiepen auf den Rücken, die sie in den leeren Häusern gefunden und bis zum Überborden mit nützlichen und sonstigen Dingen gefüllt hatten. Jede noch so leichte Steigung
machte ihnen die Beine schwer und die dicke Hitze, die
zwischen den Bäumen stand, verwandelte das Atmen in
einen nicht sehr angenehmen Vorgang. Erst jetzt kam ihnen zu Bewusstsein, wie leicht bepackt und geradezu mü-
helos sie bisher unterwegs gewesen waren; viele bereuten
schon, sich in der gestrigen Gier allzu viel aufgehalst zu
haben, und spielten mit dem Gedanken, bei der nächsten
Rast ihre Kiepen zu durchforsten und sich von einigem
Unnötigen wieder zu trennen.

Rauk war der Einzige, dessen Gepäck sich so gut wie
nicht vermehrt hatte: Zwar hing jetzt ein langes, beinahe

schwertartiges Messer an seinem Gürtel, wie die Bauern es zum Schlachten des Viehs zu benutzen pflegten, und eine Axt mit doppelter Klinge, an einem Riemen über der Brust befestigt, wackelte bei jedem Schritt unter seinem Kinn; doch sonst hatte nichts in den Häusern ihn reizen können. So wanderte er zwischen den schwitzend Beladenen mit der gleichen Drahtigkeit wie immer, und trotz der Hitze machte es ihm keine Mühe, im Gehen die Hornflöte zu blasen.

Die Bauern hatten sich längst an sein Spiel gewöhnt, nahmen es in der einförmigen Anstrengung des Trottens nur noch wie aus einer Ferne wahr, ließen es so selbstverständlich auf sich einwirken wie das Rauschen des Windes oder das Singen der Vögel. Erst wenn die Flöte einmal verstummte, wurden sie aufmerksam, spürten mit nachträglicher Verwunderung, dass es da etwas gab, das wohltuend gewesen war und das nun fehlte; kaum setzte das Spiel neu ein, huschte ein winziges Lächeln über ihre Gesichter, und sie waren froh, sich wieder einspinnen zu lassen in einen Kokon aus Tönen.

Vielen ging noch immer der Gedanke an das verlassene Dorf im Kopf herum. Sie fragten sich, ob sie nicht doch ein Unrecht begangen, sich einem Anfall von Rohheit überlassen hatten, als sie stöbernd und raffend durch die Häuser zogen; und noch jetzt im Marschieren senkten sie, wenn einzelne Bilder vor ihnen aufstiegen, die sich nicht schnell genug verdrängen ließen, mit einem kleinen Erröten die Augen.

Natürlich gab es auch das eine oder andere, mit dem

sie ihr schlechtes Gewissen beschwichtigen konnten. So sagten sie sich, dass Rauk sie verleitet habe – ohne sein Drängen wäre es ihnen nicht im Traum eingefallen, auch nur das Geringste an sich zu nehmen, er hatte ihnen buchstäblich den Kopf verdreht! Hinzu kam noch, dass niemand von ihnen es so schlimm getrieben hatte wie Raimund: Als er mit Beil und Stange in den Häusern wütete, war er ja geradezu in einen Rausch geraten! Daneben fiel das, was sie selbst sich geleistet hatten, so gut wie gar nicht ins Gewicht.

Immerhin: Die Geschichte von der abenteuerlichen Wanderung ins Weite und Ungewisse, die sie bis ans Lebensende ihren Kindern und Enkeln erzählen würden und diese ihren Kindern und Enkeln, nahm hier eine etwas heikle Wendung – darüber konnten alle Beschönigungen nicht vollkommen hinweghelfen. Wahrscheinlich würde es ratsam sein, die Episode mit dem verlassenen Dorf später nur in groben Zügen zu erzählen oder sie am besten ganz wegzulassen, um die Kinder und Enkel nicht auf falsche Gedanken zu bringen.

Gegen Mittag lichtete sich der Wald für kurze Zeit, und im helleren Unterholz wuchsen Brombeersträucher. Schwarz und fett schimmerten die Beeren in der Sonne, manche Sträucher waren so mit ihnen übersät, dass sie wie von Feuer verkohlt schienen. Als die Kolonne heranmarschierte, stob ein Schwarm Finken auf, flüchtete sich mit erschrockenem Zwitschern in die Bäume. Die Männer klaubten die Ernte des Waldes von den Büschen und stopften sich leckend und schmatzend die Münder voll.

Als sie weiterzogen, konnten sie nicht anders, als an ihr eigenes Dorf zu denken, denn auch dort war ja das Korn reif für die Ernte. Statt hier durch den Wald zu wandern und Beeren zu pflücken, wäre es ihre Pflicht gewesen, daheim auf den eigenen Feldern zu stehen, die Ernte von Weizen und Roggen einzubringen! ... Aber so bedrängend diese Gedanken auch sein mochten, sie hielten doch nicht lange vor, besaßen etwas seltsam Kraftloses und Unwirksames; schon als die Bauern die nächste Steigung erreichten, alle ihre Daumen unter die Riemen der Kiepen schoben und einen tiefen Atemzug nahmen, sanken sie ohne Spur in die trüberen Zonen des Bewusstseins ab.

Das Gefühl, nicht umkehren zu dürfen, drängte alles beiseite. Die Männer spürten einen Wissensdrang, für den es in ihrem Leben sonst kein Beispiel gab; sie wollten dies große Rätsel mit aller Kraft lösen, ein sturer Ehrgeiz trieb sie, die Wanderung, auf die sie sich nun einmal eingelassen hatten, bis zum Ende zu gehen, koste es, was es wolle! Der Gedanke, ins Dorf zurückzukehren, ohne das Geheimnis des Seils ergründet zu haben, ließ sie geradezu zusammenzucken: Wie Trottel hätten sie dagestanden! Wie Aufschneider, die mit großen Plänen, vor Tatendrang berstend, davonzogen, nur um schon bald darauf als lächerliche Verlierer wieder heimzukehren ...

Ruhig und gleichmäßig zog das Seil die Männer voran, wehrlos und mit aller Ausdauer, die sie aufzubringen vermochten, folgten sie ihm nach. Selbst in ihren Träumen sahen sie, wie das Seil seinen Weg durch die Weite nahm, in sanften Windungen, hügelauf und hügelab, ohne je zu enden, zwischen den Stämmen hinlief. Gebieterisch flößte es ihnen den Willen ein, sich von Zweifeln und besseren Einsichten nicht beirren zu lassen, und gerade wenn das Gewissen sich in ihnen meldete, sie zum Loslassen und Umkehren zu überreden versuchte, spürten sie umso stärker, wie sehr sie dem Seil schon verfallen waren.

Die Männer begannen, sich an das Dasein im Wald zu gewöhnen. Viele kleine Dinge, die ihnen am Anfang der Wanderung noch lästig gewesen waren, mit denen die sesshaften Bauern sich nicht leichtgetan hatten, verloren nach und nach ihr Unangenehmes, verwandelten sich von Zumutungen in hingenommene Unvermeidlichkeiten. Bestimmte Handgriffe, die das unbehauste Dasein mit sich brachte, gelangen ihnen bald mit so selbstverständlicher Glätte, als hätten sie das ganze Leben lang nichts anderes getan, als ihre Tage und Nächte unter freiem Himmel zu verbringen.

Hinzu kam, dass die Bauern seit gestern viele Dinge im Gepäck führten, die das Waldleben weniger primitiv machten. So besaßen sie nun zahlreiche praktische Küchenutensilien, mit denen sich die Mahlzeiten leichter zubereiten ließen; auch waren sie am Abend der Unbequemlichkeit enthoben, auf dem nackten Waldboden zu liegen, konnten sich ein nicht unkomfortables Lager aus Decken bauen. Die größte Bereicherung jedoch war ein Becher mit drei Würfeln, der sich in einer aufgebrochenen Kommode gefunden hatte. Zu Hause im Dorf gehörte das Würfeln zu den liebsten Beschäftigungen der Männer, und so machte es sie geradezu ausgelassen, dass sie, nach einigen Tagen der Entbehrung, endlich auch hier draußen ihrer Spiellust frönen durften. In jeder Marschpause wanderte der Becher von Hand zu Hand und löste das gleiche Johlen und Fluchen aus wie unter den Zweigen der Eiche.

Lediglich Rauk konnte Vergnügungen dieser Art nichts abgewinnen. Wann immer die Kolonne pausierte, widmete er sich seinen Aufzeichnungen; nur hin und wieder kam es vor, dass er, den Federkiel noch in der Hand, den Würfelspielern ein wenig über die Schulter blickte; dann ließ er ein leicht nachsichtiges Lächeln sehen wie ein Vater, der Zufriedenheit darüber empfindet, dass seine Kinder ein zwar stupides, aber harmloses Spiel spielen, das sie zuverlässig beschäftigt hält.

Am Nachmittag des nächsten Tages hörten die Bauern zum ersten Mal die Wölfe heulen. Ruckhaft, wie auf einen Befehl, der ihnen von irgendwoher zugerufen wurde, machten sie Halt; alle wandten die Köpfe, ließen Blicke durch das Dickicht schweifen. Aus keiner bestimmten Richtung kommend, leise und doch klar, zog das Heulen durch die Stille. Den Männern glitt, mitten in der Hitze des Tages, eine Kälte über den Rücken, die Doggen richteten ihre Ohren so steil in die Höhe, dass sie ihnen wie Hörner auf den Schädeln saßen. Nur eine Viertelminute verging, da wurde das Heulen schwächer, drang wie aus einer rasch wachsenden Ferne herüber, einige legten, um es noch hören zu können, die Hände hinter die Ohren – schon war es verschwunden.

Alle standen regungslos. Ein leichter Wind erhob sich, die Bäume rauschten, so schien es, voller und lebhafter, auch die Vögel meldeten sich, füllten den Wald mit einem tröstlich-schönen Gewirr aus Trillern und Singen. Jetzt redeten die Männer wirr und schnell:

– Verdammt. Von wo kam das?

– Weiß nicht.

– Ich glaub', von da drüben.

– Nein, nein. Von da! Hab's genau gehört …

– Stimmt!

– Ich sag euch: Die Viecher sind weit weg. Die haben uns nicht gewittert.

– Genau! Nie und nimmer!

– Ach! Und *wenn*! Und *wenn*! Sollen sie uns doch wittern!

– Jawohl! Was macht's! Ich hab keine Angst.

– Ich auch nicht!

Einige reckten das Kinn, um sich selbst und den anderen zu verstehen zu geben, wie wenig dergleichen sie beeindrucken könne, und Michael brachte es fertig, ein geringschätziges Lächeln aufzusetzen. Alle lauschten noch einmal in die Stille hinein und rückten schon ihre Kiepen zurecht; Rauk nahm die Flöte an die Lippen, stimmte eine vorwärtsdrängende Melodie an, und die Kolonne setzte sich wieder in Bewegung.

Am Abend saßen die Männer in befangener Stimmung um das Feuer. Sie hatten heute bereits früh ihr Lager aufgeschlagen, auch war das Feuer größer als sonst, wurde mit mehr Sorgfalt unterhalten. Jeder hatte Pfeil und Bogen griffbereit neben sich liegen, viele auch schwere Knüppel, die sie unterwegs aufgelesen und spitz zugeschnitten hatten wie Speere. Das Heulen der Wölfe war immer wieder zu hören, zog sich mit unheimlicher Stetigkeit durch den Abend: Manchmal wurde es leiser, sank zu einem schwachen, fast weinerlichen Ton herab, näherte sich einem bloßen Gewinsel, dann wieder schwoll es an, drang laut und weithin tragend durch die Schwärze, konnte das Knacken des Feuers, das Rauschen der Bäume bis zur Unhörbarkeit überdecken.

Das Feuer lockte Fledermäuse an. Mit lautlosem Flattern segelten sie zwischen den Stämmen hindurch, strichen als schnelle graue Schatten über die Flammen, die wie Zungen zu ihnen emporleckten, ihre Flügel zu sengen schienen. Wenn der Wind in das Feuer blies, stiegen Salven von Funken in die Höhe und setzten den fliegenden Schatten selbst dort nach, wo die Zungen ihnen nichts anhaben konnten.

Thor und Hetzer saßen am Rand des Lagers, schmiegten sich mit ihren muskulösen Rücken aneinander, als suche der eine beim anderen Schutz, und lauschten mit den Hörner-Ohren in die Finsternis. Einmal legten sie die Köpfe zurück, streckten ihre Schnauzen in die Höhe und stimmten ein in die Länge gezogenes, schaurig monotones, wie klagendes Bellen an. Die Männer wandten sich erschrocken zu ihnen um, noch nie hatten sie von den Hunden solche Laute gehört. Selbst Rauk, der auf dem Stamm eines umgestürzten Baums saß, Feder und Papier in der Hand, sah mit irritiertem Blick auf. Eine Weile schien er unschlüssig, ob er die beiden gewähren lassen solle, dann brachte er zwischen den Zähnen einen heiseren Laut hervor, den Menschen nicht verstehen konnten. Sofort brach das Heulen ab; mit gesenkten Köpfen schlichen die Doggen zu ihrem Herrn und ließen die Zungen schäumend über sein Gesicht spielen, das er ihnen nicht entzog.

Als es vollends Nacht geworden war, hörten die Wölfe auf zu heulen. Die Männer beschlossen, das Feuer bis zum Morgen in Gang zu halten; Wachen wurden eingeteilt, die sich regelmäßig ablösen sollten. Rauk band die Hunde, die nun endlich ruhiger geworden waren, mit starken Riemen an einem Baum fest. Die meisten legten sich schlafen, nur einige harrten noch am Feuer aus und vertrieben sich die Zeit damit, dem Spiel der Fledermäuse zuzuschauen. Rauk setzte sich zwischen sie und erzählte ihnen die Geschichte vom stolzen Bogenschützen.

13

Der stolze Bogenschütze

Es war einmal ein Knabe, der lebte im Wald bei einem Einsiedler. Wer sein Vater und seine Mutter waren, das wusste er nicht; ein Kranich hatte ihn vor Jahren, in Tücher gewickelt, durch die Lüfte zu dem Alten gebracht, der nahm sich seiner an und zog ihn auf wie einen Sohn. Sie lebten fern der Menschen in einer Hütte aus Reisern, nährten sich von den Kräutern und Beeren, welche der Wald ihnen gab, und stellten den Vögeln mit Netzen nach. Tagsüber hütete der Knabe die Ziegen, am Abend erzählte der Einsiedel ihm die Geschichten des Waldes und spielte Lieder auf der Schalmei.

So lebten sie viele Jahre lang, und der Knabe wuchs zu einem kräftigen Jüngling heran. Immer weiter streifte er durch die Wälder, vergaß oft die Ziegen, die er zu hüten hatte, und kehrte erst im Dunkel, wenn der Alte schon voll Sorge nach ihm Ausschau hielt, zur Hütte zurück. Einmal ging er so tief in die Wildnis hinein, dass er nicht mehr wusste, wie er den Weg zurück finden solle; da schlief er in der Nacht unter einem Baum, und am nächsten Morgen ging er immerfort, und eine Neugier fasste ihn, ob nicht der Wald auch einmal ein Ende nehme. Am Mittag lichteten sich die Bäume, und eine Stadt erschien vor seinen Augen, die war voll schöner Häuser, wie der Jüngling sie nie gesehen hatte, und geschäftige Menschen gingen durch die Gassen, und hoch über die Dächer ragten, geschmückt mit wehenden Fahnen, die Türme eines Schlosses, dort wohnte der König, der über das Land herrschte.

Als der Jüngling vor das Schloss kam, fand er eine Menschenmenge versammelt, denn es fügte sich, dass heute ein Wettstreit abgehalten wurde, der viel Volk von Stadt und Land anzog. Der König hatte eine Tochter, die war von großer Schönheit und stand in dem Alter, wo sie heiraten sollte. So hatte der König verkünden lassen, dass alle guten Schützen des Landes vor sein Schloss kommen und sich mit Pfeil und Bogen messen sollten; wer aber der Beste von ihnen war, der sollte die Hand der Tochter gewinnen.

Die Prinzessin blickte lächelnd auf die Schar der Schützen, die allesamt Söhne von Rittern und Edelmännern waren, und kaum wurde der Jüngling ihrer ansichtig, da wusste er nicht mehr, wie ihm zumute war, das Lächeln ihres roten Mundes, die Sanftheit ihrer Hände ließen seinen Atem stocken, und er wünschte sich nichts mehr, als sie zur Frau zu haben; so reihte er sich ein unter die wartenden Freier.

Jetzt kamen Diener des Königs, die trugen Käfige auf den Schultern, in denen waren Tauben gefangen, immer drei an der Zahl. Der König gab Befehl, die Käfige zu öffnen; die Schützen aber sollten die Tauben im Flug mit ihren Pfeilen durchbohren. Jeder der Freier versuchte sein Glück, doch keinem von ihnen gelang es, zu rasch flogen die Tauben gen Himmel empor, und alle Pfeile schwirrten ins Leere.

Als die Reihe an den Jüngling kam, da staunten die Menschen, denn sein Haar hing ihm zottig herab, und sein Gewand sah gar derb aus neben den vornehmen Kleidern der Fürstensöhne. Schon wurde der nächste Käfig aufgetan, und der Jüngling sandte im Nu einen Pfeil empor und durchbohrte alle Tauben auf einen Streich, dass sie, wie gereiht an einen Bratenspieß, zu Boden stürzten. Da brach in der Menge ein lauter Jubel aus, alle staunten über die wundersame Kunst des Jünglings, der König aber hieß ihn zu sich treten und sprach: Du bist der beste Schütze im ganzen Land. Zwar seh' ich wohl, dass du von geringer Geburt bist, und doch sollst du, wie ich's versprach, der Erbe des Reiches sein.

Der Jüngling lauschte auf die Schreie des Volkes, die bis über die Zinnen des Schlosses schallten, und fragte sich, wie das zugehen könne? Da schoss er nur einen Pfeil in den Himmel, und schon jubelten alle Menschen, und der König schenkte ihm die Hand seiner Tochter? Und er ahnte, dass eine wunderbare Gabe ihm verliehen sei und dass es noch Höheres auf der Welt für ihn gebe, als der Herrscher in einem Reich zu sein. Der König aber wunderte sich, dass der Jüngling immer so schweigend vor ihm stand, und fragte, was ihn anwandle? Und wie im Traum antwortete der Jüngling: Mein König! Die Hand Eurer Tochter zu nehmen, ist nicht mein Wunsch. Gebt sie nur einem der übrigen Freier, es ist ja an ihnen kein Mangel.

Da erhob sich im Volk ein Geschrei, dem König fuhr der Zorn ins Gesicht, und wütend sprach er: Die Hand meiner Tochter ist das höchste Gut, das ich dir geben kann; was ficht dich an, sie zu verschmähen? Und er gab seinen Reisigen Zeichen, dass sie ihn packen sollten.

Da lief der Jüngling davon und hielt den Bogen fest im Arm, denn der war ihm wie ein Schatz, aber das Volk reckte die Fäuste empor und suchte ihn an den Kleidern zu fassen, und die Reisigen setzten mit erhobenen Schwertern hinterdrein. Kreuz und quer lief der Jüngling durch die Gassen, schon lagen die Türme des Schlosses in der Ferne, und eben wollte er den Kopf wenden, nach seinen Häschern zu sehen, da winkte ihm aus der Tür einer Kate heraus eine runzlige Hand, und er besann sich nicht lange und sprang geschwind über die Schwelle.

In der Stube war es dunkel, ein trübes Feuerchen nur flackerte im Herd. Ein altes Weib mit einem Buckel blickte ihn gar freundlich an und fragte, wie es zugehe, dass die Reisigen ihm nachstellten? Und als der Jüngling erzählte, was sich zugetragen hatte, da rieb sie sich die faltigen Hände und lud ihn ein, in ihrer Behausung zu bleiben; und der Jüngling war froh, einen Unterschlupf zu finden, und willigte ein.

Den ganzen Tag blieb er in der verräucherten Stube und horchte nach draußen, wo mit klirrenden Sporen die Häscher vorüberzogen, denn der König hatte Befehl gegeben, nicht nachzulassen mit Suchen. Am Abend nahm er den Bogen vom Haken an der Wand und stahl sich hinaus. Bald führte ihn sein Weg zum Schloss, das still im Dunkeln lag, nur die Zinnen ragten blass in den Himmel, und auf der Turmspitze wehte die Fahne des Königs im Wind. Da reizte es den Jüngling, seinen Bogen zu versuchen, und übermütig schoss er einen Pfeil empor, der in der flatternden Fahne stecken blieb. Geschwind lief er zur Kate zurück, und stolz über die neue Probe, die er von seiner Kunst gegeben, konnte er lange nicht in den Schlaf finden.

Am Morgen sah ein Diener des Königs, der seinen Kopf aus dem Fenster streckte, den Pfeil in den Lüften wehen, und rasch verbreitete sich die Kunde von dem Frevel im ganzen Schloss. Wieder sandte der König seine Reisigen aus, die zogen durch die Gassen und schlugen mit harten Fäusten gegen alle Türen, und nicht lange, so kamen sie auch an das Haus der Alten. Die aber war klug, sie hieß die Häscher in die Stube treten und bewirtete sie mit Kuchen und jungem Wein. Und weil es so düster in der Kate war und der Jüngling sich im Winkel beim Ofen versteckte, ließen sie's gut sein und zogen weiter.

Am Abend saß der Jüngling beim Fenster und blickte ins Dunkel hinaus. Da sah er einen hohen Berg hinter der Stadt aufragen; der Mond schien auf die Schroffen, und so hoch stieg der Gipfel empor, dass nicht viel fehlte, und er wäre an den Himmel gestoßen. Der Jüngling weckte die Alte auf, die beim Ofen schlummerte, und fragte sie, was das für ein Berg sei? Die Alte rieb sich die Augen und sprach mit schläfriger Stimme: dass droben auf dem Gipfel eine schöne und weise Königin ihr Reich habe, doch keinem Menschen sei es erlaubt, dort hinanzuklimmen, und wer es dennoch wage, dem sei der Tod gewiss.

Da ergriff den Jüngling der Wunsch, den Gipfel des Bergs mit seinem Pfeil zu treffen, und er nahm von der Alten Abschied und eilte hinaus. Bald gelangte er an den Fuß des Berges, und wie er eben seinen Bogen spannte, einen Pfeil in die Höhe zu schießen, da zogen flatternde Wolken vor den Mond, und der Gipfel verbarg sich im Finstern. Trotzig beschloss er, den wilden Hang emporzuklimmen; doch zu jäh ragte der Berg in die Höhe, und aus den Ritzen wuchsen Sträucher, die griffen mit ihren Dornen nach ihm, und Steine schnitten in seine Hände, dass ihm das Blut hervorsprang. Bald stak der Jüngling fest und konnte nicht vor noch zurück, da spannte er seinen Bogen mit aller Kraft, und wie eine Sternschnuppe flog der Pfeil durch die schwarze Nacht, bis hinan zum Gipfel des Berges. Jetzt wichen die Sträucher vor ihm beiseite, und kein Stein mehr ritzte seine Hand, und die Spalten schlossen sich vor seinen Füßen; und als sei er selbst ein Pfeil, den eine Sehne in die Höhe schnellte, lief er geschwind hinan.

Und wie er an den Gipfel kam, da sah er im Dunkeln ein Licht schimmern, das war der Eingang zu einer Höhle; der Pfeil aber lag vor der Schwelle und wies mit der

Spitze ins Innre hinein. Der Jüngling fasste sich ein Herz, und wie er in die Höhle trat, stockte ihm der Atem: Auf einem Thron, der mit lauter Perlen und Edelsteinen geschmückt war, saß die Königin, und sie trug eine Krone von blinkenden Sternen, und so viel Weisheit lag in ihrem Gesicht, dass es dem Jüngling schier die Sprache verschlug. Die Königin aber erhob sich von ihrem Thron und sprach:

Ich habe dir das alte Weib gesandt, auf dass sie dir Schutz vor deinen Neidern gewähre, und als dein Pfeil durch die Nacht den Berg hinanflog, da habe ich vor deinen Füßen den Weg geebnet. Jetzt heiße ich dich in meinem Reich willkommen und biete dir meine Hand.

Der Jüngling aber zerbrach seinen Bogen und nahm die Hand der Königin.

14

Die Ernte

Die Morgensonne versteckte sich noch hinter den Spitzen der Bäume, als die Dörfler bereits auf den Beinen waren und mit der Ernte begannen. Gestern Abend, nach der Versammlung neben dem Seil, hatte Johannes es sich nicht nehmen lassen, den Frauen eine ausführliche und verworrene Einweisung in das Handwerk des Sensens zu geben, und jetzt arbeiteten sie, die Blusenärmel aufgekrempelt und bunte Tücher um die Köpfe, mit verbissenem Eifer. Drei Kinder hantierten, stolz über die ungewohnte Aufgabe, die sie um Jahre älter zu machen schien, mit Sicheln im Feld; die Alten trugen die geschnittenen Garben zu einem Erntekarren, der sich nur langsam füllte.

Am Himmel, der von einem Blau war, wie die Dörfler es niemals zuvor gesehen hatten, kraftstrotzend und majestätisch, von einem wilden Leuchten durchsättigt, glitten riesige Wolken vorüber. Eine Wärme herrschte, die alles übertraf, was der Sommer bisher geboten hatte: Sie ließ den Tau auf den Wiesen rasch verdampfen und zog in dicken Schwaden umher wie unsichtbarer Nebel.

Als der Morgen voranschritt, bemächtigte sich der Dörfler eine Beklemmung, die so ungreifbar wie quälend war, immer wieder mussten sie innehalten, mit schlaff geöffneten Mündern Atem schöpfen, sich die verschwitzten Gesichter, um die Mücken und Fliegen schwirrten, mit beiden Händen abwischen. Auch das Vieh in den Ställen begann zu leiden, die Kühe stießen ein jammerndes Muhen aus und rammten ihre Köpfe gegen die hölzernen Wände.

Gegen Mittag kam ein starker Wind auf, fuhr mit einem Zischen, das wie der Vorbote einer großen Wut war, über die Bäume. Die Wolken hatten sich verdichtet, schienen unter ihrem Gewicht, das immer gewaltiger wurde, zur Erde zu sinken. Schwalben segelten schnell und aufgeregt, als säßen ihnen Verfolger im Nacken, um die Giebel der Häuser, glitten in so tiefem Flug über die Felder, dass ihre Flügel beinahe die Ähren streiften – die Kinder hielten ihre Sicheln vor der Brust und schauten ihnen mit aufgerissenen Augen zu. Alle Dinge büßten ihre Farben ein: Die grünen Wiesen lagen stumpf, das Gold der Felder wurde zu dreckigem Grau und wie abgestorben ragten die Bäume in den Himmel.

Johannes ging gestikulierend umher, trug den Kindern mit brüllender Stimme auf, sie sollten zu den Häusern laufen und die Läden vor den Fenstern schließen! Die

Frauen warfen, ohne in ihrer Arbeit innezuhalten, Blicke zu den Wolken hinauf, sie wussten, dass ein Unwetter kommen würde, und wollten doch die Ernte um keinen Preis abbrechen, jede Garbe, die unter ihren Sensen fiel und die ein Alter zu dem Karren hintrug, war ein unersetzliches Gut.

Bald war in der Ferne ein Grollen zu hören, das schnell näher kam, der Wind gewann an Kraft, blies in Wellen über die Ähren, die sich bogen und wanden, zerrte an den Blusen der Frauen, einer riss er das Tuch von den Haaren und trieb es als roten Fetzen über die Dächer. Das Donnern steigerte sich rasch – plötzlich lief ein scharfes Knistern über die Wipfel der Bäume – die Dörfler standen erschrocken, ein alter Mann geriet ins Taumeln und stürzte auf die Knie, erste Hagelkörner flogen durch die Luft, ein Rauschen senkte sich über das Feld, die Frauen bedeckten ihre Köpfe mit den Händen und rannten zu den Häusern.

Wie grauer Dunst hüllte der Hagel das Dorf ein, dicke Körner hüpften über das Stroh der Dächer, voller Gier raste der Wind um die Häuser und rüttelte an den Läden, eine Stalltür, die in der Eile niemand geschlossen hatte, schlug krachend umher, silberne Blitze zuckten zwischen den Wolken, Blätter trieben durch die Luft, schwirrten in wirren Kurven, vom Sturm verfolgt, über die Wiese, der Donner war jetzt ganz nahe, entlud sich über den Häusern, in den Stuben schrien die Kinder, pressten sich an ihre Mütter, wütend schütteten die Wolken ihre Fracht herab …

Unversehens riss der Hagel ab, ging in kräftig strömenden Regen über. Das Prasseln auf den Dächern wurde zu einem weichen Rauschen, das lindernd klang. Nach und nach sank der Wind in sich zusammen, auch das Donnern machte sich ebenso schnell, wie es gekommen war, über den Wald wieder davon. Ein Plätschern von den Traufen setzte ein, fügte dem Rauschen des Regens einen helleren Ton hinzu. Die Dunkelheit hielt sich zäh, dann begann auch sie zu zerfallen; braune Wolken glitten über die Wipfel, waren in Eile, den verlorenen Sturm einzuholen, der bereits anderswo seine Kräfte ausließ.

Es war still im Dorf geworden. Türen öffneten sich, stumme und verstörte Gestalten traten auf die Schwellen. Bisher hatten ihnen die Fensterläden den Blick nach draußen gnädig versperrt – jetzt sahen sie sich, halb erstarrt und des Schlimmsten gewärtig, nach allen Seiten um. Das Dorf lag in weißem Schimmer, und der Wind hatte Blätter von den Bäumen gerissen und verstreut; traumartig mischten sich die Jahreszeiten. Auf der Hagelschicht begannen Pfützen zu wachsen, die den ruhelos bewegten Himmel spiegelten.

Als die Dörfler zu den Feldern gingen, erzeugten ihre Schritte auf dem Hagel ein brechendes Geräusch, als träten sie auf Scherben. Ein feiner Regen überrieselte sie, den sie nicht spürten. Schweigend blieben sie am Rain stehen und blickten mit leerem Ausdruck, die Gesichter so grau wie das Licht, das vom Himmel fiel, auf die verwüstete Fläche. Das Korn war von weißlichen Schlieren überzogen, lag zerwühlt und gegen die Erde gepresst da;

die Felder glichen einem vom Wind gepeitschten, mit tausend Wellen und Wirbeln bedeckten See, der im Augenblick des stärksten Anpralls erstarrt war.

15

Am Faden des Spinnennetzes

Rauk marschierte jetzt meist an der Spitze der Kolonne und legte einen Schritt vor, den nicht alle leicht mithalten konnten. Aus seinem Gesicht sprach eine Entschlossenheit, die bis zum Brutalen ging und auf nichts Rücksicht nahm, am wenigsten auf ihn selbst. Seine Augen schienen immerzu auf einen bestimmten, nicht weit vor seiner Nase gelegenen Punkt gerichtet, den sie eindringlich zu fixieren suchten. Während die anderen mit entblößtem Oberkörper gingen, hatte er lediglich zwei Knöpfe seines Hemdes geöffnet und machte doch einen frischeren Eindruck als die Halbnackten. Augenscheinlich besaß er die Fähigkeit, sich von den Mühen der Wanderung nicht abnutzen zu lassen, im Gegenteil neue Kräfte aus ihnen zu schöpfen, und selbst der Klumpfuß konnte seiner drängenden Art nichts anhaben, ja schien seinem Gang etwas zusätzlich Kraftvolles und Beschwingtes zu geben.

Die Bauern mussten sich eingestehen, dass sie ihn bisher unterschätzt hatten: Er war nicht nur klug, sondern besaß auch noch handfestere Vorzüge; in seinem halbverkrüppelten Körper steckten Kräfte, über die sie täglich von Neuem staunten, und er bewährte sich in den Strapazen der Wanderung nicht schlechter als sie selbst. Dies machte ihn einerseits noch rätselhafter, vergrößerte die Verwirrung, die sich in ihren Köpfen einstellte, wenn sie den Versuch machten, über ihn nachzudenken; andererseits nötigte es ihnen Respekt ab, dass er »aus Kernholz geschnitzt war« (von dieser Redensart machten sie nur selten Gebrauch: Sie war das höchste Lob, das sie zu vergeben hatten), und wenn sie ihn an der Spitze der Kolonne gehen sahen, flößte er ihnen gegen ihren Willen ein wohlig-stärkendes Gefühl ein.

In gleichem Maße, in dem Rauk an Ansehen gewann, wurde Michael zu einer bloßen und blassen Randfigur. Schon seit zwei Tagen war er schweigsamer geworden oder jedenfalls nicht mehr so nassforsch-geschwätzig wie gewohnt, immer öfter ließ er selbst die besten Gelegenheiten, sich in den Vordergrund zu schieben, aller Augen auf sich zu lenken, mit vollkommener Achtlosigkeit vorübergehen. Auch wenn er hin und wieder noch an der Spitze marschierte, tat er es auf eine beiläufige und bescheidene Art, als sei er nur zufällig, ohne es recht zu bemerken, an diesen Platz geraten und werde ihn schon bald, wiederum zufällig und ohne es zu bemerken, einem andern überlassen.

Die Bauern sahen all das gern, denn Michaels Unarten

waren ihnen, je länger der Marsch dauerte, desto mehr zum Ärgernis geworden. Zugleich wussten sie sich sein Benehmen aber nicht zu erklären: Konnte es sein, dass er einfach nur müde und unlustig wurde? Anfangs hatte er mehr Herzblut für die Wanderung aufgebracht als die meisten anderen, jetzt schien er ihrer überdrüssig zu sein. Oder war ihm die ganze Unternehmung womöglich unheimlich geworden, bekam er es, nun da sich die Männer schon so lange durch die Wildnis kämpften und doch ihr Ziel noch nicht erreicht hatten, mit der Angst zu tun?

Die Wölfe hatten sich an die Fersen der Bauern geheftet und folgten ihnen mit der Beharrlichkeit geduldiger Jäger. Vom Morgen an ließen sie ihr Heulen und Bellen durch den Wald ziehen, so als wollten sie den Männern auf quälerische Weise in Erinnerung halten, dass sie nicht allein unterwegs waren, und ihnen die kindische Illusion abschneiden, ihre Verfolger könnten irgendwann ebenso unvermutet, wie sie aufgetaucht waren, wieder verschwinden.

Die Bauern verzogen, wenn die Bestien sich hören ließen, keine Miene. Zwar zehrte das Heulen an den Nerven, und keinem von ihnen war so gelassen zumute, wie er sich und den anderen glauben machen wollte; zugleich aber gab es auch niemanden, der sich von den Wölfen ernstlich in Furcht hätte versetzen lassen. Allen gelang es schlecht und recht, das Heulen mit einem nervös-trotzigen Achselzucken von sich abzutun, es für nicht mehr zu halten als eine der vielen Zumutungen, die sie auf ihrer Wanderung nun einmal ertragen mussten. Zu ihrer Beruhigung sagten sie sich, dass Wölfe vorsichtige, ja sogar feige Tiere seien: Sie stürzten sich nur auf schwache Opfer, von denen sie keine Gegenwehr zu fürchten brauchten. Die Wölfe hatten Angst vor *ihnen*!

Der Wald war von einem bräunlichen Zwielicht erfüllt, das keiner bestimmten Tageszeit angehörte. Obwohl der Himmel sich bald verwölkte, die Sonne nur noch als schwacher Schimmer zu sehen war, schwoll die Wärme weiter an, näherte sich einem Grad, der nicht mehr natürlich war. Die Männer fühlten sich wie von einer aufziehenden Krankheit benommen, strichen sich im Gehen massierend über Stirnen und Schläfen, hielten die Köpfe gesenkt, als liege ein unsichtbarer Ballast auf ihren Nacken.

Als die Bauern auf einen Bach stießen, ließen sie sich stöhnend auf alle viere nieder, tauchten die von Hitze verschwollenen Gesichter ins Wasser und tranken mit schlappender Zunge. Um sich eine kleine Freude zu gönnen, zogen sie die letzten Kleidungsstücke aus, die sie noch am Körper trugen, warfen sich der Länge nach ins Bachbett und stießen grunzende Laute aus. Später nahmen sie eine Mahlzeit ein, die ihnen nicht schmeckte und von der sie nur wenige Bissen herunterbrachten.

Der Sturm entwickelte sich schnell. Seit einiger Zeit schon war ein Grollen in der Luft, bald mischten sich, in immer rascherer Folge, Donnerschläge dazwischen, die einen eigenartig trockenen Klang hatten. Die Wolken nahmen eine violette Färbung an, ein leises Heulen und

Zischen bemächtigte sich des Waldes, Windstöße fluteten durch die Kronen, die mit der Düsternis des Himmels verschmolzen. Die Männer holten aus den Kiepen ihre Decken hervor und breiteten sie sich über die Köpfe, erste Blitze warfen ein weißliches Licht über die Stämme, jetzt raste der Wind in Böen durch die höchsten Äste, die Bäume schwankten und bogen sich wie riesige Grashalme, stießen ein hartes Knarren aus, das von Donnerschlägen übertönt wurde, plötzlich füllte ein Rauschen den Wald, Hagelkörner brachen sich Bahn durch die Zweige, schossen auf die verhüllten Männer, die sich duckenden Hunde nieder…

Als der Hagel sich in Regen verwandelte, war ein Schleier von sommerlichem Raureif über den Boden gebreitet. Die Decken, unter denen die Männer kauerten, glichen winzigen, mit Schnee überstreuten Hügeln. Die Zweige, die vom strömenden Regen überspült wurden, hingen schwer, in einer Geste des Geschlagen-Seins, herab. Der Bach trug eine Fracht von Blättern und Ästchen glucksend durch die Dunkelheit, hier und dort trat er über seine Ränder hinaus und suchte sich in mäandrierenden Rinnsalen seinen Weg durchs Weiße.

Die Bauern steckten, einer nach dem andern, die Köpfe hervor, starrten, sich wie aus einer Betäubung herausarbeitend, auf den verwandelten Wald. Mit hölzernen Bewegungen, als seien sie unter dem Anprall des Hagels um Jahre gealtert, schüttelten sie den Reif ab. Jemand machte ein paar zögernde Schritte über die weiße Decke, so als ginge er über einen zugefrorenen Teich, von dem er nicht wusste, ob er sein Gewicht tragen würde. Der Sturm hatte eine Abkühlung gebracht, die nackten Männer standen mit gebeugten Rücken und eingezogenen Schultern im Regen.

Unklare Gedanken schossen ihnen durch die Köpfe: Noch nie hatten sie einen solchen Sturm erlebt! Wie aus dem Nichts war er gekommen! Ob er auch zu Hause, über den Feldern, so gewütet hatte? Sie konnten es nicht wissen, wagten es nicht zu glauben. Der Wald war unermesslich, zwischen ihnen und den Ihren lagen viele Tagesmärsche – vielleicht war die Ernte verschont geblieben?

Sie waren zu erregt, um ihre Gedanken zu Ende zu denken, unwillkürlich spürten sie den Drang, nicht länger auf der Stelle zu stehen, ihre von Kühle und Schrecken steifen Glieder zu rühren. Die Doggen tappten knurend durch das geweißte Unterholz, schüttelten ihre nassen Leiber von den Nasen bis in die Schwanzspitzen, es war, als tauchten sie aus dem Sturm wie aus einem erfrischenden Bad hervor. Rauk, der sehr bleich im Gesicht war, sonst aber mit keiner Regung verriet, was in ihm vorging, sammelte das Geschirr ein, das von der Mahlzeit noch umherlag. Jetzt rissen die Wolken auf, gaben ein Stück ahnungslos hellblauen Himmels frei, schienen den Männern ein Zeichen der Ermunterung zu geben. Alle folgten Rauks Beispiel, nahmen ihre Kleidung vom Boden auf, die dick überstreut war, und machten sich mit der Ausrüstung zu schaffen. Zwar spürten sie, dass etwas Unheimliches und Entscheidendes geschehen war, und doch taten sie, was sie auch sonst getan hätten, suchten in diesem Augenblick, in dem sie den Kopf zu verlieren drohten, der Boden unter ihren Füßen schlingerte, Halt am Simpel-Vertrauten.

Bald marschierte die Kolonne weiter. Rauk setzte sich an die Spitze und stimmte auf der Flöte ein treuherziges Liedchen an. Die Männer kamen auf dem tauenden Hagel, der sich mit Erde und Laub zu einer schmierigen Masse vermischte, nur mühsam voran, mussten sich, um nicht ins Straucheln zu geraten, an Bäumen und Büschen halten. Ihre Blicke suchten das Seil, das in sanften Windungen, manchmal in der weißen Decke bis zur Unsichtbarkeit versinkend, dann wieder dunkel und klar aus ihr hervortauchend, zwischen den Stämmen hinlief.

Eine ruhige Nacht folgte. Die Wolken waren lange verschwunden, Sterne schimmerten in den schwarzen Kronen der Bäume, schienen an den Zweigen zu kleben wie am Tage die roten Beeren. Die Bauern hatten ihre Decken an langen Stöcken über dem Feuer getrocknet – so würden sie eine halbwegs erträgliche Nacht verbringen. Einer der Männer hielt Wache, zog mit Bogen und Knüppel bewaffnet seine Runden. Nicht weit entfernt lag eine vom Sturm gefällte Esche: Ihre Wurzeln waren aus dem Erdreich gerissen und ragten wie krampfhaft verdrehte Arme empor.

Während die Männer regungslos dalagen und auf den Schlaf warteten, der noch lange nicht kommen würde, quälte sie der Gedanke an das Dorf. Schon seit Tagen hatten sie gespürt, dass ihr Marsch eine vermessene Unternehmung war, ein kaltschnäuziger Aufbruch ins allzu Ungewisse. Sie hatten ein töricht-gefährliches Spiel gespielt, dessen Regeln sie kaum zu überblicken vermochten und auf dessen guten Ausgang sie mutwillig hofften. Jetzt begriffen sie voller Schrecken, dass ihnen das Spiel entglitten war – die Vermessenheit rächte sich und schlug auf sie zurück. Jeder fühlte, dass er eine Schuld auf sich geladen hatte, unter der er, wenn nicht irgendetwas Rettendes geschah, für immer würde leiden müssen.

Und doch: Sie konnten nicht mehr umkehren. Was immer heute geschehen war, es blieb ihnen nichts anderes, als dies Abenteuer bis zum Ende durchzustehen. Das Seil übte eine Wirkung auf sie aus, die stärker als ihr Wille war, sie hingen an ihm wie an dem klebrigen Faden eines Spinnennetzes, ohne Aussicht auf Entrinnen. Morgen früh, wenn die Sterne dort oben sich in Beeren verwandelten, würden sie ihre Decken abstreifen und den Marsch durch die Wälder fortsetzen. In den ersten Tagen hätten sie noch die Kraft besessen, der Stimme ihrer besseren Einsicht zu folgen und den Rückweg anzutreten, doch jetzt nicht mehr; anfangs waren sie noch Herren ihrer Entschlüsse gewesen, jetzt hatten sie sich dem Unverstehbaren überantwortet und wurden geführt.

Und selbst wenn sie noch frei gewesen wären: Was hätte es ihnen genützt, sich gerade jetzt, nach diesem Unwetter, auf den Weg nach Hause zu machen? Ihren Frauen und Kindern hätten sie doch nicht mehr helfen können, der rechte Augenblick war lange verpasst. Wenn die Ernte verloren, vom Hagel niedergedrückt und zerschlagen war, dann gab es keine Macht auf der Welt, dies noch zu ändern. Die Ähren würden sich gewiss nicht wieder aufrichten, nur weil die Männer ins Dorf zurückkehrten! Ob sie ihren Weg abbrachen, spielte keine Rolle mehr, es gab für sie nichts mehr zu verlieren, keine Brücke führte mehr zurück.

Dritter Teil

16

Schöner Wahn der Beständigkeit

Mit stierer Zähigkeit hielten die Frauen an der Hoffnung fest, dass die Männer eines Tages zurückkehren würden. Nach dem Sturm gab es nicht mehr viel, das ihnen geblieben war, und zu diesem Wenigen und Dürftigen gehörte die Hoffnung: So sträubten sie sich, auch nur einen Fingerbreit von ihr preiszugeben. Zugleich aber spürten sie, dass die Hoffnung ihnen immer mehr Kraft abverlangte: Sie stand ihnen nicht mehr als etwas Beruhigendes und Verlässliches zu Gebote, zu dem sie jederzeit ihre Zuflucht nehmen durften, und mit jedem Tag, der verging, empfing sie von irgendwoher einen Schlag, näherte sich um ein weiteres Stück dem hohlen und kalten Vielleicht.

Die Frauen sahen nach den Kindern, stellten Mahlzeiten auf die Tische, versorgten das Vieh in den Ställen, erledigten den ganzen Kreis von Pflichten, der auch in den Zeiten der Unordnung auf ihren Schultern lastete.

Manchmal gingen sie an den Feldern entlang und ließen Blicke über das braun und grau werdende Getreide gleiten, in dem sich Vögel tummelten – Schwärme geradezu, die von den gärenden Körnern angelockt wurden, aus allen Richtungen über die Bäume heransegelten, als habe sich die Nachricht von den guten Dingen, die hier zu holen waren, weit in die Wälder hinein verbreitet. Am Abend lagen sie ruhelos in ihren Betten, mussten sich noch im Halbschlummer gegen grässliche Gedanken zur Wehr setzen, fanden spät in einen Schlaf, den schwere Träume durchpflügten.

Agnes ging nur noch selten vor die Tür, verbrachte Stunden um Stunden in ihrem Haus, das sich wie ein Schneckenhaus um sie schloss. Sie war jetzt meist schon am Mittag erschöpft, fühlte sich zu nichts Gutem mehr zu gebrauchen; selbst das bloße Dasitzen und Vor-sich-hin-Starren konnte zu einer Last werden, die sie müde machte und von der sie sich erholen musste – aber wie?

Wenn es abends vor den Fenstern dämmerte, nahm sie ihr Töchterchen in den Arm und machte einen Gang durchs Dorf. Dann konnte sie, zum ersten Mal seit dem morgendlichen Erwachen, eine Spur von Behagen empfinden: Der Gedanke wirkte beruhigend, dass wieder einmal ein Tag überstanden war und der nächste noch in sicherer Ferne lag; Elisabeth blickte lächelnd, mit einem Ausdruck von Seelenruhe, die noch lange um nichts wissen würde, in ihr Gesicht, tastete mit den Fingerchen nach ihrer Kinnspitze, den Knöpfen ihrer Bluse …

Noch immer betrachtete Agnes, wenn sie in ihrer Stube saß, mit Liebe die Dinge, die sie an Bernhardt erinnerten, und spürte doch zugleich, wie ihr Anblick sich zu verändern begann, etwas Verblichenes und Abgelebtes annahm. Alles im Haus schien jetzt mit einem feinen Hauch beschlagen, hüllte sich mit jedem Tag mehr in die zerfließenden Farben der Erinnerung. Die Dinge sprachen noch von Bernhardt, doch taten sie es leiser als früher und in einer Sprache, die nicht mehr so leicht zu verstehen war. Die Pfeife lag nach wie vor auf dem Fensterbrett, aber der Duft, den sie ausströmte, war schwächer geworden, und etwas Bitteres darin, eine ranzige Note, die Agnes geradezu Ekel bereitete, trat hervor.

Ihr Leben hatte, solange sie zurückdenken konnte, einen wohlgeordneten, in Einfachheit geborgenen Gang genommen. Zuverlässig und gemächlich hatte es sich fortgesponnen, eine Kette aus beruhigenden Voraussehbarkeiten, die niemals reißen würde. Das Dorf und die Felder waren das Fleckchen Erde gewesen, auf dem sich alles abspielte, was Bedeutung besaß, und außer dem es nicht viel gab; das Haus hatte sie umgeben wie eine Burg, aus der kein Feind sie vertreiben konnte. Über die Zukunft hatte sie kaum je nachgedacht, und wenn doch einmal, so war sie sicher gewesen, dass alles Kommende so gut und erfüllend sein müsse wie das Vergangene.

Wie sehr hatte sie sich geirrt! Seit das Seil dort drüben im Gras lag, war ihr Leben aus den Fugen geraten, nichts gab es mehr, das wie früher war und an dem sie Halt fand. Wenn ein Erdbeben das Dorf erschüttert hätte, wäre es keine schwerere Heimsuchung gewesen. Das Dasein in diesem Haus, in dem alles immer bleicher und abweisender wurde, aus dem selbst die Erinnerungen sich zurückzogen, versprach keine Dauer mehr. Wenn es ihr früher unvorstellbar gewesen war, dass ihr Leben einmal in Unordnung geraten könne, so setzte ihr heute die furchtbare Frage zu, ob je wieder eine Ordnung in ihr Leben zurückkehren würde.

Mit Uli ging es weiter bergauf. Er war nun beinahe ohne Fieber, und die Schwellung des Beins, die Agnes mehr Sorgen bereitet hatte als alles Übrige, begann zurückzugehen. Sein Appetit war schon der eines Gesunden, und jeden Tag ließ er sich von der Hausherrin drei ausgiebige Mahlzeiten zubereiten, die er schnell und laut, manchmal mit ersten Anzeichen von Gefräßigkeit, verzehrte. Einmal, als Agnes für eine Weile draußen zu tun gehabt hatte und in die Stube zurückkam, fand sie ihn aufrecht im Bett sitzen – ein übermütiges Lächeln um die Lippen, in den Augen das Zwinkern eines schelmischen Kindes, dem es gelungen ist, in einem unbewachten Augenblick das zu tun, was sein größter Wunsch und zugleich verboten ist.

– Agnes, da bist du ja!, rief er ihr entgegen. Hilf mir, sei so gut. Ich will zum Fenster gehen. Komm – stütz mich!

– Um Gottes willen, was machst du?

Mit zwei langen Schritten war sie beim Bett und drückte ihn fast zu schwungvoll, mit jener mütterlichen Autorität, die sie sich in den letzten Tagen über ihn erworben hatte, in die Kissen zurück. Uli leistete ihr halb spielerisch Widerstand:

– Lass mich doch! Was ist denn? Ich werd' mich doch wohl mal setzen dürfen!

Er stemmte die Ellenbogen ins Laken und versuchte sich ein zweites Mal aufzurichten – Agnes musste das ganze Gewicht ihres Oberkörpers einsetzen, um ihn in die Waagerechte zu bringen. Während sie ihm die Decke zurechtzog, sagte er in frechem Ton:

– Hör zu: Heute bleibe ich noch im Bett, meinetwegen. Aber morgen musst du mir einen Stuhl ans Fenster rücken. Wenigstens für eine Viertelstunde, verstanden? Ich kann doch nicht immer bloß liegen, was denkst du eigentlich?!

In den nächsten Stunden wiederholte er seinen Wunsch wieder und wieder, und wieder und wieder mit denselben Worten. Selbst wenn sich Agnes vor seinem beharrlichen Reden ins Nebenzimmer zurückzog, konnte sie durch die Wand hindurch Brocken wie »langweilig« und »was denkst du eigentlich?« aufschnappen. Am Abend war sie von seinem Gequengel so erschöpft, dass sie ihren Widerstand aufgab; Uli brach in ein überglückliches Grinsen aus und warf ihr quer durchs Zimmer einen Kuss zu.

Vom nächsten Morgen an war es sein Ehrgeiz, so oft wie möglich das Bett zu verlassen. Wann immer Agnes es ihm erlaubte, saß er auf Bernhardts dreibeinigem Stuhl beim Fenster und blickte so dankbar nach draußen, als gebe es dort mehr zu sehen als zwei oder drei Häuser und ein wenig Wiese. Wenn er allein in der Stube war, schleppte er sich greisenhaft langsam, das verletzte Bein über den Boden schleifend, von einem Zimmerende zum anderen und stieß unter lautem Ächzen die Luft aus: Das Gesundwerden war ein Kampf, bei dem er sich keine Schonung gönnte. Bald ging er, gestützt von Agnes, vor dem Haus im Sonnenschein umher und freute sich, wenn irgendwer vorüberkam und Zeuge seiner erstaunlichen Fortschritte wurde.

Auffällig war, dass die Trauer, die im Dorf herrschte, ihn wenig berührte. Zwar gab er sich Mühe, in seinem Benehmen eine gewisse Zurückhaltung, den gebotenen Grad von Betretenheit und Mitempfinden an den Tag zu legen; doch haftete dem etwas Gespieltes, nicht recht Überzeugendes an, und wer ihm ins Gesicht blickte, konnte leicht erkennen, dass seine teilnehmende Art lediglich eine Maske war, hinter der sich etwas ganz anderes verbarg: eine jungenhafte und nur mühsam im Zaum zu haltende Lebenslust, das euphorische Gefühl, mit knapper Not dem Tod entwischt zu sein.

Bald konnte er sich allein durchs Dorf bewegen. Auf einen Stock gestützt, den einer der Greise ihm geliehen hatte, humpelte er mit wachsender Energie von hier nach dort, konnte ganze Stunden an der frischen Luft zubringen, und oft musste er von Agnes ins Haus zurückgerufen werden wie ein Junge, der zu lange draußen spielt.

Regelmäßig führten ihn seine Spaziergänge an Michaels Haus vorüber. Er stellte sich ans Fenster, klopfte mit der Krücke des Stocks gegen die Scheibe und winkte lächelnd zu Anna hinein. Sie kam zur Tür heraus, und beide setzten sich für ein Weilchen auf die Bank an der sonnigen Hauswand. Es gab im ganzen Dorf kein hübscheres Plätzchen: Michael hatte wenige Tage, bevor er verschwunden war, die Bank mit roter Farbe angestrichen, und rechts und links wuchsen Weinreben am Staket, schlossen sich über den Köpfen der beiden wie ein grüner Baldachin zusammen. Uli, der wieder seine himmelblaue Weste trug, auch einen breitkrempigen Hut, der Bernhardt gehörte, streckte die Arme weit über die Rückenlehne aus und wusste alles Mögliche zu erzählen:

– Ich bin heut' schon dreimal ums Feld spaziert! 's war ganz einfach! Am liebsten wär' ich sogar nochmal gegangen, aber … na ja, da stand schon wieder Agnes in der Tür und hat mir mit dem Finger gedroht. Die alte Glucke! Bemuttert mich von morgens bis abends. Und dabei hat sie doch schon ihre Elisabeth … Du, ich sag dir, das kleine Biest geht mir auf die Nerven. Ein Scheusal! Schreit, was das Zeug hält! Irgendwann reicht's mir – dann dreh' ich ihr den Hals um, kannst mir glauben!

Anna brachte kaum ein Wort über die Lippen, sah nur mit ihren unglaubwürdig blauen Augen, unter denen sich jetzt violette Halbmonde gebildet hatten, ins Leere. Ihrem bleichen Gesicht war anzusehen, dass sie aus Sorge um Michael in den Nächten nicht viel Schlaf fand, und ihr kastanienbraunes Haar, das wesentlich zu ihrem Status als Dorfschönheit beitrug, hing in talgigen Strähnen um ihren Kopf. Dass neben ihr jemand saß, der offenkundig guter Dinge war, über den all das Schreckliche keine Macht besaß, empfand sie als eine Wohltat, und sie war dankbar-empfänglich, sich von Uli auf weniger düstere Gedanken bringen zu lassen. Hin und wieder zupfte sie ihre Bluse zurecht, die eine Wäsche nötig gehabt hätte, und strich sich mit den Fingern durchs Haar, um es schlecht und recht in Form zu bringen.

Als drei Wochen vergangen waren, fassten die Frauen den Entschluss, das Dorf zu verlassen. Der Herbst meldete sich an: Am Morgen waren die Wiesen mit Spinnenfäden überzogen, und auf den Dächern lagen Blätter, die nicht etwa der Sturm abgerissen hatte. Die Vorräte begannen zur Neige zu gehen und würden bald aufgezehrt sein. Die Hoffnung, dass die Männer zurückkehren würden, kostete die Frauen inzwischen mehr Kraft, als sie aufzubringen vermochten. Was also gab es, das sie noch hier hielt, welchen Sinn konnte es haben, sich an den immer brüchiger werdenden Schein des Dauernden zu klammern? Es blieb ihnen nichts, als in den näher gelegenen Dörfern um Aufnahme zu bitten, die kommende Zeit unter fremden Dächern zu verbringen.

Am nächsten Tag packten sie in ihren Häusern alles zusammen, was nützlich war und woran sie hingen. Die Starre, die so lange auf ihnen gelastet hatte, begann sich zu lösen, machte einer Betriebsamkeit Platz, die an die guten und vergangenen Zeiten erinnerte: Seit die Entscheidung zum Aufbruch gefallen war, strömten ihnen neue Kräfte zu. Alle legten Wert darauf, ihre Zimmer in einem Zustand fehlerloser Ordnung zurückzulassen: jeden Tisch sauber abzuräumen, jede Schranktür und jede Schublade zu schließen, nichts Kleines und Einzelnes herumliegen zu lassen. Sie fragten sich nicht, ob diese Arbeit einen Zweck besaß, es reichte ihnen, sich mit ihr über den Schmerz des Abschieds hinwegzuhelfen und den Augenblick des Aufbruchs ein wenig hinauszuschieben.

Am Morgen in aller Frühe wurden die drei Erntewagen des Dorfs mit Ochsen bespannt. Die Frauen luden ihre in Körbe und Säcke verstaute Habe auf und trieben die Ziegen und Rinder aus den Ställen, die mitziehen sollten. Johannes ging von einem Haus zum anderen, um sich zu vergewissern, dass alles seinen ordentlichen Gang nahm und in der Aufregung des Aufbruchs nicht etwa dies oder das vergessen wurde.

Der Zug setzte sich in Bewegung. Die Frauen trugen ihre kleinen Kinder in Tücher gewickelt vor der Brust, nahmen die größeren, die stumm und ernst, mit unterschiedlichen Graden von Verständnis, um sich blickten, bei der Hand und suchten überdies noch das mittrottende Vieh beisammenzuhalten. Uli saß hoch auf einem Wagen zwischen lauter Gepäckstücken: Sein krankes Bein musste noch geschont werden. Immerhin hatte er seine Habseligkeiten bereits aus eigener Kraft aufladen können, so wie er auch gestern schon viele Stunden damit verbracht hatte, Anna beim Aufräumen und Zusammenpacken zur Hand zu gehen.

17

Der treue Gefährte

Vom frühen Morgen an fochten die Männer ihren zähen
Kampf mit den Anstrengungen des Weges, der scheu-
ernden Last der Kiepen aus. In ihren Augen lag ein
überforderter, heimlich nach Hilfe suchender Ausdruck,
der auch in den Marschpausen nicht mehr wich. Jeder
Gedanke zehrte an ihren Kräften, wurde zu einer zusätz-
lichen Mühsal, die niemand mehr auf sich nehmen wollte – so herrschte Leere in den Köpfen; die Männer hatten
das Denken am Wegesrand zurückgelassen wie manches
unnötig Schwere aus ihrem Gepäck.

Alle strömten einen scharf-beizenden Geruch aus,
in dem sich Schweißdunst mit anderem vermischte und
der ihnen das Gehen in der Kolonne noch mühsamer
gemacht hätte, wären sie nicht seit Langem darüber hinaus gewesen, ihn noch wahrzunehmen. Die Gesichter
waren mit dichtem Bartgestrüpp überwuchert, in dem

Erdklümpchen und kleine Blätter nisteten, das Haar hing ihnen wirr und verfilzt in die Stirnen: Bei der Plünderung des Dorfes war niemand auf die Idee gekommen, sich mit Kämmen zu versorgen.

Die Wölfe ließen von den Männern nicht ab, folgten ihnen mit der gleichen hypnotischen Entschlossenheit, mit der die Männer dem Seil folgten. Das Heulen hielt sich immer in der gleichen Entfernung, näherte sich niemals über einen bestimmten Punkt an: Wenn die Kolonne eine Rast einlegte, machten auch die Wölfe Halt; sobald die Männer neue Kräfte gesammelt hatten und sich zum Weitergehen aufrafften, taten es auch ihre Verfolger.

Am späten Vormittag setzte eine Steigung ein. Erst sacht, dann merklicher führte der Weg in die Höhe, das Seil zog sich eine lang gestreckte Lehne hinauf. Die Bäume traten auseinander, und die Männer gelangten auf eine Felsenkuppe, auf der nur flaches Gesträuch wuchs. Alle legten die Hände über die Augen, um sie gegen das ungedämpft niederscheinende Licht zu schützen; nach all den Tagen im Waldschatten war ihnen zumute, als kröchen sie aus einem dunklen Schacht ins Freie. Sie setzten sich auf die umherliegenden Steine und schauten in die Ferne.

Nach allen Richtungen dehnten sich flache Waldrücken aus, ein Muster aus Hebungen und Senkungen in mürben Grüntönen, die mal unmerklich ineinander übergingen, sich mal mit behutsamer Kraft voneinander schieden. Am Horizont zerfloss das Grün zu rauchigem Grau, die Wälder vermischten sich, alles Greifbare abstreifend, mit dem pastellenen Blau des Himmels. Nirgends durchbrach eine Rodung das Bild der schönen Einförmigkeit, kein Rauchfaden schlängelte sich, vom Herd einer abseitigen Behausung steigend, der Bläue zu. Irgendwo in der Weite zog ein Steinadler seine Kreise, schwamm durch die Luft, wie ein Fisch durchs Wasser gleitet. Er schien nicht nach Beute auszuspähen, sondern genug daran zu haben, sein müheloses Schweben zu genießen, von keinem Ziel beengte Figuren in die Leere zu zeichnen.

Die Bauern sprachen kein Wort. Der Anblick des unverstellten Himmels, den sie so lange entbehrt hatten, tat ihnen wohl, und zugleich schien es ihnen unwirklich, flößte ihnen ein beklommenes Gefühl ein, dass sie in dieser Öde, die sich rings um sie her ausbreitete, schon seit vielen Tagen unterwegs sein sollten. Wie gefährlich weit hatten sie sich vorgewagt! Und wo in diesem Muster aus Lehnen und Senken lag ihr Dorf? Mit einem leichten Schwindel sagten sie sich, dass sie verloren gewesen wären, wenn ihnen das Seil nicht den Weg gewiesen hätte; nur ihm war es zu danken, dass sie in diesen Wäldern ohne Ende nicht hilflos umherirren mussten. Das Seil nahm sie bei der Hand, blieb immer an ihrer Seite wie ein guter Gefährte, auf den sie sich verlassen durften, gab ihnen den Halt und die Zuversicht, ohne die sie verzweifelt wären.

Es geschah am Nachmittag. Die Männer stießen auf einen Bach, machten Halt, um ihre Schläuche zu füllen und ein wenig auszuruhen. Michael setzte sich, von den

übrigen abgerückt wie jetzt öfters, neben einen Findlings-
block und streckte die Beine aus. Zerstreut ließ er die
Hand über den Boden gleiten, zupfte ein paar Gräser aus,
die im Laub wuchsen, und tastete mit den Fingern unter
den Findling. Plötzlich schrie er auf, riss die Hand in die
Höhe, starrte sie an wie etwas Grässliches – eine Schlange hatte ihn gebissen! Er sprang auf die Füße, drehte sich
hüpfend und zappelnd im Kreis – dann rannte er los, zwischen den am Boden hockenden Männern hindurch, die
erschrocken zu ihm aufsahen, setzte mit einem Sprung
über den Bach hinweg, lief und hüpfte weiter durch das
Unterholz, sein Wimmern wurde schon leiser, sein blon-
der Schopf, die braune Joppe verloren sich im Dickicht –
da stürzte er, mitten im Lauf von irgendetwas getroffen,
zu Boden.

Rauk fasste sich als Erster und lief ihm nach, zwei
andere folgten. Sie fanden Michael kläglich zusammen-
gekrümmt und nur halb bei Bewusstsein, sein Gesicht
war von Blut überronnen, eine große Wunde zog sich
über seine Stirn – er war mit blinder Wucht gegen einen
Baum geprallt. Rauk kniete neben ihm nieder, nahm seine Hand auf, in der sich zwei dunkelrote Punkte malten,
und sog sie schmatzend aus. Dann zog er ein Taschen-
tuch hervor und säuberte die Wunde an der Stirn, was
nicht einfach war, denn Michael zuckte bei jeder Berüh-
rung zusammen, warf heftig stöhnend den Kopf hin und
her. Schließlich packten ihn die Drei und trugen ihn zum
Rastplatz zurück.

Hier machte sich Raimund schon an dem Findling

zu schaffen. Die Beine auseinandergestellt, die Absätze in den Boden gerammt, umschlang er ihn mit seinen schwitzigen Armen, die vor Anspannung zitterten, und suchte ihn von der Stelle zu wälzen. Wie unter Schmerzen presste er die Lider zusammen, bewegte knackend und mahlend die Zähne, würgte mit seiner kehligen Stimme, sich selbst zur Anfeuerung, wütende Laute hervor – bis der Stein tatsächlich nachgab und langsam, einen jungen Haselstrauch unter sich begrabend, zur Seite rollte.

Auf dem Flecken kahler Erde, der ans Licht kam, kringelte sich eine Schlange: Sie reckte den zierlichen, dreieckigen Kopf in die Höhe und ließ ihre Zunge spielen; der Rücken war mit einem Band aus grünen und braunen Streifen gesäumt und stach vom Erdreich ab wie eine Kostbarkeit.

Raimund nahm einen Stock vom Boden auf, drehte ihn, um sich einige Sekunden der Vorfreude zu verschaffen, in den Händen, dann zerschmetterte er das Tier mit einem einzigen Hieb. Soo! Da hast du's!, rief er, packte die Schlange an der Schwanzspitze und hielt sie mit ausgestrecktem Arm triumphierend empor.

Die Männer traten näher heran. Einen vorsichtigen und neugierigen Ausdruck in den Gesichtern, betrachteten sie den herabhängenden Kadaver, in dem noch ein letztes elektrisches Zucken rege war. Keiner von ihnen hatte in den Wäldern um das heimische Dorf je eine solche Schlange gesehen. Die Streifen auf dem Rücken verbanden sich zu einem Muster von einfach-zierlicher Schönheit, zugleich schienen sie wie eine Botschaft, die in geheimen Lettern geschrieben war: Die Bauern konnten sie nicht entziffern, doch jeder von ihnen ahnte, dass sie für Michaels Schicksal nichts Gutes bedeuten würde.

Einer kratzte sich mit drei Fingern im Bart und meinte:

– Es könnt' eine Grubenotter sein.

Die anderen blickten ihn geringschätzig von der Seite an, manche ließen ein hämisches Lächeln sehen und niemand hielt es für nötig, etwas zu erwidern: Augenscheinlich hatte er bloß aufs Geratewohl irgendetwas Sinnloses gesagt, um vor dem Anblick der Schlange, der ihn so bedrückt machte wie alle übrigen, nicht stumm zu bleiben.

Raimund schleuderte den Kadaver mit kräftigem Schwung ins Unterholz, und Thor und Hetzer, die sich schon mit ungeduldigem Sabbern und Gurgeln bereitgehalten, ihre Reißzähne dem begehrten Fraß entgegengereckt hatten, setzten in Sprüngen hinterher.

Eine Stunde verging. Die Männer saßen verlegen und müßig im Laub, niemand wusste Rat, was in dieser neuen Lage zu tun war. Einige hockten sich an den Rand des Baches, wuschen ihre von Schmutz starrende Kleidung oder badeten die malträtierten Füße im Wasser. Drei hatten keine Scheu, eine Würfelpartie zu beginnen; immerhin zogen sie sich, um auf Michael Rücksicht zu nehmen, der mit zusammengepressten Lidern und schnell atmend dalag, hinter ein Gebüsch zurück und gaben sich überdies noch Mühe, nicht allzu laut zu reden.

Schließlich hatte Rauk einen Einfall.

– Männer, hört her! Es ist an der Zeit, endlich etwas zu *tun*. Der Nachmittag rückt voran, wir können nicht mehr länger hier warten. Lasst uns eine Bahre für Michael zimmern! Wenn er nicht mehr gehen kann, müssen wir ihn eben tragen – es bleibt uns nichts anderes übrig.

Die Männer ließen das gewohnte Murmeln und Brummen hören, Rauks Worte leuchteten ihnen ein. Zwar dachten sie mit Unbehagen daran, dass die Strapazen der Wanderung nun noch größer werden würden, denn mit der Bahre gab es eine zusätzliche Last zu schleppen; aber sie waren es dem verletzten Michael nun einmal schuldig. Auch empfanden sie Erleichterung, dass sich unverhofft ein Ausweg auftat und das Warten, das immer zäher und sinnloser wurde, ein Ende fand.

Die Bauern schlugen starke Äste von den Bäumen ab, banden sie mit Stricken zusammen, spannten eine Decke darüber und luden Michael auf. Der Marsch konnte weitergehen.

18

Der Angriff

Die Stille der Nacht war fast vollkommen, nur selten regte sich ein leichter Wind, strich so behutsam, als wolle er jedes Geräusch vermeiden, durch die schwarzen Zweige, oder irgendwo in der Weite, weder nahe noch fern, rief ein Vogel. Die erschöpften Männer schliefen einen Schlaf, den Träume nicht behelligten. Michael lag nahe beim Feuer auf der Bahre, die gebissene Hand hatte sich braun verfärbt und war bis in den Unterarm hinein geschwollen. Gelegentlich bemächtigte sich eine Unruhe seines fieberheißen Körpers, dann atmete er noch schneller und abgehackter, bewegte in Krämpfen die Schultern, öffnete die Augen zu verklebten Schlitzen und starrte in die Flammen – doch niemand bemerkte es.

Als die Männer in der Frühe erwachten, fühlten sie sich so matt wie immer jetzt, und der Gedanke an Michael, der sich sofort in ihre Köpfe schlich, schien ihnen einen Teil der Kräfte, die sie über Nacht gesammelt hatten, gleich wieder zu nehmen. Als sie ihre Morgenmahlzeit beendet hatten und eben mit eingespielten Griffen das Gepäck für den Weitermarsch bereit machten, griffen die Wölfe an.

Ein Eichelhäher flatterte durchs Gezweige und stieß einen schnarrenden Warnruf aus, in der Ferne war ein Rascheln zu hören, ein seltsames Knacken und Brechen von Ästen, die Doggen tänzelten auf ihren Pranken und öffneten zischend die Gebisse, jetzt sahen die Männer die Bestien kommen, graue Schatten zwischen den braunen Stämmen – sie zogen ihre Beile aus den Kiepen, rissen sich die Bögen von den Rücken, die Wölfe hielten im Traben die Köpfe gesenkt, weißlich blitzten die Augen über den Mäulern, die Männer schossen ihre Pfeile ab, die sirrend über den Boden flogen, Rauk schrie ein Kommando, und Thor und Hetzer, wie von einer Schleuder geschnellt, stürzten ihren Feinden entgegen, der erste Wolf setzte zwischen Sträuchern hindurch, ein Axthieb traf ihn in die Brust, jetzt waren sie überall – Fauchen, stiebende Blätter, Schreie, die Bauern schwangen ihre Beile, gurgelnd sprangen die Wölfe um sie herum, suchten sie an Beinen und Hüften zu packen, Rauk ließ die Doppelaxt auf die grauen Felle niederrasen, Hetzer und ein Wolf wälzten sich in einem Wirbel aus Laub, bissen einander in Hälse und Bäuche, Raimund zog einen Zweig aus dem Feuer und schwang ihn als brennende Peitsche, Wölfe wanden sich blutüberlaufen am Boden, einer lief fiepend, das Hinterteil zur Seite gebogen, davon, die Männer standen mit offenen Mündern, drückten ihre Rücken gegen Bäume, Thor jagte in starken Sätzen der Meute nach und stürzte sich auf ein letztes Opfer – wieder hörten die Männer das Rascheln in den Sträuchern, ein Knacken und Brechen von Zweigen – in der Ferne schwache Schatten zwischen den braunen Stämmen – dann Stille.

Ein Mann war am Fuß eines Baums niedergesunken und hielt noch die Hände, mit denen er sich zu wehren gesucht hatte, verdreht vor der Brust: Ein Wolf hatte ihm den Hals aufgebissen, dazu war er von einem verirrten Axthieb in den Kopf getroffen. Die anderen blickten stumpf vor Schrecken vor sich hin, alle hatten Striemen und Kratzer davongetragen, Raimund eine Wunde am Oberarm, die mäßig stark blutete, ein anderer war vornüber in einen Dornenstrauch gestürzt, in dünnen Streifen rann ihm Blut übers Gesicht – doch sonst waren sie unversehrt. Michael lag mit geschlossenen Augen auf der Bahre, er hatte von dem Gemetzel um ihn her nichts bemerkt und focht seinen eigenen Kampf aus, der noch nicht zu Ende war.

Acht tote Wölfe lagen umher, mitten unter ihnen, das Fell von Blut getränkt, sodass es im Licht des Morgens ein dunkles Schimmern annahm, der sterbende Hetzer. Sein Bauch war aufgerissen, ein braunrotes Knäuel, in dem sich die Leber, der Magen und Teile des Darms verschlangen, quoll aus der riesigen Wunde. Thor kam aus dem Dickicht herbeigelaufen, erschöpft, doch unverletzt; leise jaulend ließ er den Blick über den Körper seines Gefährten gleiten und drückte ihm zärtlich, in einer Geste verwirrter Treue, die nichts mehr mit sich anzufangen weiß, das Maul gegen den Hals.

Die Starre der Männer begann sich zu lösen. Einige holten ihre Schläuche hervor, um die kleinen Wunden, die sie erlitten hatten, mit Wasser zu reinigen. Drei wandten sich dem Toten zu, legten ihn ausgestreckt auf den Boden und klopften ihm Blätter und Moosfetzen von der Kleidung ab. Andere standen müßig daneben und blickten auf den Leichnam – sie schienen düsteren Gedanken nachzuhängen und fühlten doch in ihren Köpfen nichts als Leere. Raimund, den sein blutender Arm nicht beeindruckte, widmete sich den getöteten Wölfen, die noch im Liegen mit ihren geöffneten Augen einen erschreckenden Anblick boten: Er ging von einem zum anderen und versetzte ihnen, um sich zu vergewissern, ob sie wirklich tot seien, Tritte in die Flanken.

Rauk kniete neben Hetzer und kraulte ihm den Nacken, der zu den wenigen Partien seines Körpers gehörte, die nicht von Blut besudelt waren. Mit einem leichten Rascheln bewegte sich Hetzers Schwanz im Laub, und aus seinem Maul, das er zum leichteren Atemschöpfen aufgesperrt hielt, drangen wimmernde Laute. So ging es einige Minuten; dann richtete Rauk sich auf, und heiser stöhnend, mit einer heftigen Anstrengung wuchtete er sich Hetzer auf die Schultern. Vorbei an den Männern, die ihn ohne Regung anglotzten (wieder einmal war es ihm gelungen, sie in Erstaunen zu versetzen: Solche Kräfte hätten sie ihm nicht zugetraut), ging er ins Dickicht hinein, auf seinem Nacken das ächzende Tier, aus dessen offener Seite, im Takt des Herzens pulsend, das Blut hervorströmte. Thor wollte den beiden folgen, wurde jedoch durch einen Pfiff, der ihn zusammenzucken ließ wie ein Schlag, zurückgewiesen. Als Rauk die Männer außer Sicht wusste, ließ er Hetzer zu Boden gleiten. Wieder kraulte er sein Fell und redete ihm ermutigend, sogar mit beherzter Munterkeit zu, als werde jetzt, nachdem er ihn glücklich bis an diese Stelle getragen habe, alles gut werden; dann zog er sein Schlachtmesser aus dem Gürtel und rammte es ihm ins Herz.

Als er zurückkehrte, saßen die Männer, wenig anders als bei einer beliebigen Rast, mit ausgestreckten Beinen am Boden. Sie schienen voller Unsicherheit auf etwas zu warten, von dem sie nicht wussten, was es war, und das auch nicht eintrat. Als sie Rauks Schritte hörten, sahen sie ihm mit glasigen Blicken entgegen. Raimund war beschäftigt, die Klinge seines Beils mit einem aufgelesenen Stein zu schärfen; auch er heftete die Augen auf Rauk, wobei er das Beil wie den Stein ein wenig in die Höhe hob, was drohender wirkte, als es gemeint sein mochte.

Rauk stellte sich zwischen die Männer. Sein blutdurchnässtes Hemd klebte ihm über der Brust und ließ sein Schlüsselbein spitzig hervortreten. Etwas Schiefes und Gespanntes war in seiner Haltung, als trage er weiter das Gewicht der Dogge auf den Schultern. Thor kam mit unterwürfig ruderndem Schwanz heran und setzte sich neben ihn; er spürte, dass nun wieder eine Rede folgen oder sonst etwas Wichtiges geschehen würde, und so nahm er den Platz ein, der ihm in solchen Lagen zukam.

– Männer! In den zurückliegenden Tagen haben wir große Anstrengungen und Entbehrungen auf uns genommen. Zahlreiche Gefahren mussten wir bestehen, und manches schmerzliche Opfer wurde uns abverlangt. Und doch gab es eines, das uns stets bewusst geblieben ist: All dies geschieht nicht umsonst. Was immer wir zu ertragen haben, ertragen wir für eine große, würdige Sache. Wir sind vor eine gewaltige Aufgabe gestellt, und jeder von uns spürt: Hierfür ist keine Mühe zu schwer, wir müssen diese Bürde auf uns nehmen und sie nach besten Kräften zu tragen suchen.

Zu den vielen Gefahren, die uns auf unserem Weg begegnet sind, gehörten die Wölfe. Unermüdlich waren sie uns auf den Fersen, Tag und Nacht haben sie uns mit ihrem Geheul verfolgt. Heute nun ist es zum Kampf gekommen. Dieser Kampf war schwer, er hat uns große Opfer gekostet, und einer von uns ... hat sogar sein Leben in ihm verloren. Und doch: Wir sind aus diesem Kampf als Sieger hervorgegangen! Die meisten Wölfe haben wir zur Strecke gebracht, die wenigen, die uns entkommen konnten, sind im Wald zerstreut. Damit ist eine Last, an der wir schwer zu tragen hatten, von uns genommen. Unsere Lage ist um vieles aussichtsreicher geworden, und wir dürfen mit neuer Hoffnung in die Zukunft blicken. Lasst uns daher die Zähne zusammenbeißen und weitermarschieren! Nichts wäre falscher, als gerade in diesem Augenblick kleinmütig zu werden – wir müssen unseren Weg fortsetzen, dem großen Geheimnis auf der Spur bleiben – bis wir es gelöst haben!

Wenn es jemanden unter euch geben sollte, der Zweifel an all dem hegt, der sich mit dem Gedanken trägt, kehrtzumachen, so sei ihm eines gesagt: Es ist noch nicht lange her, da hat es jedem von uns freigestanden, diesen Weg zu wählen. Gleich am ersten Abend, ihr erinnert euch, haben wir hierüber Rat abgehalten. Damals haben Bernhardt und Alfred von ihrem guten Recht Gebrauch gemacht und sind zum Dorf zurückgekehrt. Wir anderen dagegen sind fest geblieben – wie *ein* Mann haben wir den Entschluss gefasst, unseren Marsch bis ans Ende fortzusetzen. Und dieser Entschluss ist heute so richtig, wie er es vor Tagen war, wir können ihn nicht mehr umstoßen, die Gelegenheit ist versäumt, wir *müssen* bei ihm bleiben!

Und noch eines, Männer: Stellt euch vor, wie es wäre, wenn wir jetzt in unser Dorf zurückkehrten – unverrichteter Dinge, ohne das Rätsel des Seils ergründet zu haben. Glaubt ihr wirklich, wir könnten dann unser altes Leben wieder aufnehmen, ganz so, als sei nichts geschehen? Glaubt ihr, wir könnten Tag um Tag, Woche um Woche, Jahr um Jahr das Seil am Waldrand liegen sehen und immer so tun, als gehe es uns nichts an? Nein, Männer, das könnten wir nicht, der Anblick des Seils würde uns keine ruhige Stunde mehr lassen, er wäre wie ein Pfahl in unserem Fleisch. Wir alle haben erfahren, wie tief das Seil in den Wald hineinführt, wie groß das Geheimnis ist, das es umgibt – und immer wieder müssten wir uns sagen, dass wir diesem Geheimnis nicht gewachsen waren, dass unsere Kräfte an ihm gescheitert sind. Wer von euch wollte das ertragen?!

Wir werden unser Ziel erreichen, Männer! Und der Augenblick, in dem dies geschieht, ist nun nicht mehr fern! Wenn wir nur um ein Weniges noch durchhalten, unsere Kräfte zusammennehmen, dann wird am Ende nicht alles umsonst gewesen sein. Je größer die Mühen und Opfer sind, die wir auf uns nehmen, desto zuversichtlicher dürfen wir sein, dass sich schließlich alles noch zum Guten wendet. Ich sage euch: So schlecht ist die Welt nicht eingerichtet, dass eine große, redliche Anstrengung, wie wir sie erbringen, ohne ihren gerechten Lohn bleiben kann. Es darf daher nur eine Losung geben: Weiter! Immer weiter! Bis zum Ziel!

19

Was Michael zusteht

Die silbrigen Stämme der Buchen, die Eschen mit ihrem fächerzarten, von Beeren durchschwebten Laub wurden seltener. Ulmen traten an ihre Stelle, deren Kronen wie riesenhafte Sträucher durcheinanderwucherten und den Wald selbst zur Mittagszeit in schütteres Halblicht tauchten. Die niedrigsten Zweige streiften den Männern über die Köpfe, als wollten sie ihnen das Gehen noch beschwerlicher machen. Mit schleppendem Schritt, einer hinter dem anderen wie Sträflinge, deren Füße an eine Kette geschmiedet sind, trotteten die Bauern durch die Dämmerung. Michael lag auf der wippenden und schlingernden Bahre, die Träger hatten eine Decke über seinen Körper gebreitet, nur das Gesicht mit der Wunde, die schwärzlich und wulstig hervortrat, blieb frei.

Seit gestern waren die Wölfe nicht mehr zu hören. Die Bauern empfanden Erleichterung darüber, und doch

mochten sie dem Frieden nicht trauen, ein Stachel der
Ungewissheit blieb in ihnen zurück: Sollte es ihnen wirklich gelungen sein, ihre Verfolger von sich abzuschütteln?
Und selbst wenn es so gewesen wäre: In diesen endlosen
Wäldern würde es ja gewiss nicht nur ein Rudel geben –
wenn sie Tag um Tag weitermarschierten, mussten sie
früher oder später in ein neues Revier eindringen, sich
neue Bestien auf den Hals ziehen …

Die Bilder von den scharf hechelnden, durch die
Sträucher brechenden Wölfen blieben lebendig in ihnen,
es bedurfte nicht viel, um sie heraufzurufen: ein davon-
flatternder Vogel, das leise Rumoren irgendeines Tiers in
den Büschen: Schon huschten sie mit aufgerissenen Mäulern durch ihre Köpfe. Hinzu kam, dass die Männer von
der abergläubischen Sorge erfüllt waren, sie dürften sich
nicht zu früh in Sicherheit wiegen. Die Vorsicht gebot
ihnen, ihre Furcht nicht vor dem rechten Augenblick ab-
zustreifen, sie lieber noch eine Weile mit sich durch den
Wald zu tragen: Sich vor den Wölfen zu fürchten, schien
das sicherste Mittel, ihnen nicht mehr zu begegnen.

Zum ersten Mal machte Rauk sein missgebildeter Fuß
zu schaffen. Bei Steigungen zumal und auf holprigem
Grund nahm sein Gang jetzt etwas Ungelenkes, Schwan-
kendes, Wippendes an; und wenngleich seine Disziplin,
die lustvoll-selbstquälerische Härte, mit der er sich im
Griff zu halten verstand, nicht nachließ, konnte er doch
dies Zeichen des Mürbewerdens nicht verbergen. Nach
wie vor spielte er mit großer Ausdauer auf der Flöte, doch
auch hier stand nicht mehr alles zum Besten: Ein neuer

Ton schlich sich in sein Spiel, etwas heimlich Erschöpftes und Abgenutztes, nicht mehr recht Wollendes und Könnendes, die Lieder schienen im Begriff, ihrer selbst überdrüssig zu werden, den Geschmack an der eigenen Beschwingtheit zu verlieren.

Als Michael aufhörte zu atmen und nur noch regungslos auf der Bahre lag, die Augen um einen Spalt geöffnet, sodass ihr Weißes hervorschimmerte, bemerkte es zunächst niemand. Erst bei der mittäglichen Marschpause, als die Träger voller Erleichterung ihre Last auf dem Boden abstellten und Michaels Körper mit ungewöhnlicher Heftigkeit hin- und herschwankte, wurden die Männer stutzig. Bald standen alle um die Bahre herum und ließen die Arme baumeln wie verlegene Jungen; in ihren Gesichtern malte sich erschrockenes Staunen über das, was sie lange vorausgesehen hatten.

Rauk beugte sich zu Michael herab, legte mit einer gewissenhaft prüfenden Geste die Hand auf sein Herz, was bereits überflüssig anmutete, und zog ihm die Decke über den Kopf. Ohne sich aufzurichten, ließ er den Blick von einem zum anderen gleiten, gab seinem Gesicht einen Ausdruck würdig-gefasster Trauer, der von Sekunde zu Sekunde echter wirkte, und sagte mit tremolierender Stimme:

– Michael hat sein Schicksal tapfer ertragen. Die Qualen, die er erdulden musste, sind nun vorbei. Vielleicht ist es besser so für ihn.

Eine Unruhe ging durch die Gruppe, die Männer traten von einem Fuß auf den anderen und wechselten unbehagliche Blicke. Rauks Worte klangen in ihren Ohren scheinheilig, etwas Abgedroschenes und Heuchlerisches, ein Allzuviel an Effekt lag darin, das sie anwiderte. Schmatzend schürzte Raimund die Lippen, wie er es zu tun pflegte, wenn er im nächsten Augenblick spucken wollte – doch er brachte nur ein verächtliches Schnauben hervor und schluckte den ergiebigen Speichelvorrat, den er in seiner Mundhöhle bereits angesammelt hatte, wieder herunter.

Die Männer hoben für Michael eine Grube aus. Wie gestern schon, als sie ihren ersten Toten begraben hatten, war der Boden steinig und mit zähen Wurzeln durchsetzt; auch fehlte es ihnen am nötigen Werkzeug, niemand trug eine Schaufel im Gepäck. Doch ließen sie sich nicht beirren: In geduldiger Arbeit, die sich lange hinzog, kratzten sie mit Stöcken den Boden auf, hieben mit ihren Äxten auf Wurzeln ein, trugen mit bloßen Händen die Erde ab. Ein Trotz regte sich in ihnen, sie wollten der Wildnis, die bereits so große Macht über sie besaß, nicht auch hier wieder die Oberhand belassen; die Vorstellung, Michael das Letzte, das ihm zustand, nicht geben zu können, ließ sie zusammenzucken und machte sie kämpferisch.

Bevor sie den Leichnam in die Grube legten, zogen sie ihm die noch gut erhaltenen Schuhe aus. Auch für Michaels Joppe fand sich, obwohl ihr einige Knöpfe fehlten und sie auch sonst in mitgenommenem Zustand war, ein Abnehmer. Zwar bereitete es den Männern Widerwillen, sich an der Habe eines Toten zu bereichern, doch sagten sie sich, dass in der Not einiges erlaubt sei;

und welchen Sinn sollte es schon haben, die Jacke und die Schuhe an der Leiche vermodern zu lassen?

Sie beeilten sich, die Prozedur immerhin abzukürzen. Michaels Kiepe schüttelten sie ohne Umschweife über dem Boden aus; was nützlich war und sich nicht allzu schwer tragen ließ, teilten sie zwischen sich auf, das Übrige ließen sie liegen. Lediglich um einen Handspiegel aus Messing kam es zu einer kurzen Auseinandersetzung. Er stammte zweifellos aus dem verlassenen Dorf, war hübsch, mit kunsthandwerklichem Geschick gearbeitet, ein Kleinod geradezu, das sich gut als Mitbringsel für die daheimgebliebenen Frauen eignete. Er wanderte von Hand zu Hand und wurde mit staunender Genauigkeit beäugt. Nicht weniger als fünf Männer forderten ihn für sich; und alle machten verkniffene Gesichter, um den anderen zu verstehen zu geben, dass es nicht leicht sein würde, sie von ihrem Anspruch abzubringen. Ein Wortwechsel entspann sich, die Bauern redeten, obwohl der tote Michael zu ihren Füßen lag, laut und scharf aufeinander ein. Der Streit fand erst ein Ende, als Rauk den Vorschlag machte, um den Spiegel zu würfeln.

20

Noch eine Entdeckung

Am Nachmittag hörten die Männer mitten im Marschieren einen unheimlichen Laut: Rauk hatte einen Schrei ausgestoßen, irgendein bizarres Wort, aus der Kehle herausgewürgt, ähnlich den Rufen, mit denen er seine Doggen kommandierte – doch dies konnte es jetzt nicht sein. Alle blickten zur Spitze der Kolonne: Rauk zeigte mit ausgestreckter Hand vor sich auf den Boden, er musste irgendetwas gefunden haben, etwas Überraschendes, vielleicht Gefährliches ... Sie rückten auf. Vor Rauks Füßen lag, im schwachen Licht, das durch die Zweige sickerte, nicht leicht zu sehen, ein zweites Seil. In schräger Linie kreuzte es das erste. Beide bildeten ein großes X.

Die Männer ließen mehr oder weniger tief die Unterkiefer hängen und drängten sich um die beiden Seile. Einige gingen in die Knie, ließen sich sogar auf alle viere herab, wollten sich das X von Nahem ansehen, es mit den Fingerspitzen betasten; jemand nahm das zweite Seil vom Boden auf, schlang es sich um die Hand, schien daran ziehen zu wollen, ließ es aber wieder fallen. Die Seile unterschieden sich kaum voneinander – allenfalls war das zweite ein wenig dicker, aus stärkeren Fäden gewirkt, doch mochte der Eindruck täuschen. Thor, der nicht begreifen konnte, warum die Kolonne angehalten hatte, auch von dem Schrei seines Gebieters verwirrt war, ging winselnd von einem zum anderen und hielt den Schwanz zwischen die Hinterläufe geklemmt.

Nach einer Weile gelang es Rauk, seine Starre zu überwinden. Er nahm seine Tasche von der Schulter und hängte sie an einen Zweig.

– Wartet hier auf mich, sagte er. Ich bin gleich zurück, Männer. Es wird nicht lange dauern.

Seine Augen waren in Bewegung, rasch und ohne Ziel streunten sie umher, schienen hier und dort nach etwas Ausschau zu halten, das es nicht gab. Mit einem Wink forderte er Thor auf, ihm zu folgen, dann bahnte er sich einen Weg ins Dickicht, dem zweiten Seil nach.

Als er nach einer Viertelstunde zurückkehrte, drehten ihm die Männer voll Ungeduld die Köpfe zu. Sie hatten inzwischen nichts anderes getan, als ihre Kiepen abzulegen und mit einer Mischung aus Müdigkeit und Nervosität zwischen den Bäumen herumzugehen. Rauk zog so angestrengt wie noch nie den Klumpfuß nach, schob mit seinem monströsen Schuh bei jedem Schritt ein Häufchen Blätter zusammen. In einem gewissen Abstand blieb er stehen, als scheue er sich, den Männern zu nahe zu kommen, ließ mit einer Geste der Verlegenheit, die er sich früher nie erlaubt hätte, die Finger über den Hosenbund gleiten.

– Das Seil zieht sich ein weites Stück hin, Männer. Ich habe … sein Ende noch nicht finden können. Aber jetzt in der Dämmerung ist es auch … mühsam, ihm nachzugehen – man verliert es leicht aus den Augen.

Mit einem Klimpern der Lider sah er vor sich hin, fiel unvermittelt in eine Geistesabwesenheit, die ihn weit fortzuführen schien, fort von den Männern, die sich an die Stämme lehnten und den Blick nicht von ihm ließen, fort von dem X zu seinen Füßen. Plötzlich schüttelte er den Kopf, als wolle er einen Gedanken vertreiben, den er nicht ertrug:

– Männer, es ist schon recht spät. Wir haben heute einen weiten Weg hinter uns gebracht. Lasst uns jetzt unser Lager aufschlagen, das wird das Beste sein. Morgen früh, wenn wir … wenn wir alle frische Kräfte gesammelt haben, wollen wir weitersehen.

– Morgen früh wollen wir weitersehen? Mehr fällt dir nicht ein, du Ratte?

Raimund saß am Boden, er hatte sich einen Schuh ausgezogen und kratzte eben mit dem Fingernagel eine Blase an seiner Ferse auf.

– Sag uns lieber, was wir jetzt machen sollen!, rief er. Gestern hat's geheißen: Bald sind wir da – es dauert nicht mehr lang'. Und jetzt? He?

Rauk hob beschwichtigend beide Hände, suchte seiner Stimme, in der ein Zittern spielte, den gewohnt sonoren Klang zu geben:

– Ja, du hast wohl recht, Raimund. Gestern Morgen, nach dem Angriff der Wölfe, haben wir Rat darüber abgehalten, was wir tun sollten, und alle waren wir einig, dass …

– Verdammt noch mal! Jetzt reicht's!

Raimund sprang so plötzlich und wüst in die Höhe, dass die anderen erschrocken einen Schritt zurück machten, er ballte die Hände zu Fäusten und bewegte sie mit wringenden Bewegungen vor der nackten Brust:

– Sollen wir immer noch weitergehen?! Weiter und weiter?! Bis wir nicht mehr können?! Und *wohin* sollen wir denn gehen? *Wohin?* Sag uns das!

Noch im Halblicht des Waldes leuchtete sein Gesicht kraftvoll rot, und die Narbe auf seiner Stirn trat so gedunsen und überdick hervor, als könne sie jeden Augenblick unter Spritzen wieder aufplatzen.

– Es gibt ja jetzt zwei Seile! Hier – *zwei Stück!* Sollen wir nach rechts gehen? Oder nach links? Oder gerad'aus? Komm, los, sag es! Du bist doch sonst nicht auf den Mund gefallen!

Thor hatte sich die Zeit damit vertrieben, im nahen Unterholz herumzustreunen und nach Essbarem zu schnobern. Jetzt lief er in schnellen Sätzen heran, bremste schlitternd und Laub aufwirbelnd inmitten der Männer ab, pflanzte sich zwischen Raimund und seinem Herrn auf. Er zog die Lefzen von den Reißern, und aus seinem Maul drang ein Fauchen, das zwar noch leise und beherrscht klang, sich aber zu jeder Steigerung bereithielt.

Rauk strich ihm tätschelnd über den Hals, um ihm dafür zu danken, dass er so rasch und zuverlässig herbeigeeilt war. Er nahm alle Kräfte zusammen, um ruhiger zu werden, suchte sich auf die Waffen zu besinnen, die ihm zu Gebote standen:

– Hör zu, Raimund. Ich verstehe nicht, warum du so ungehalten bist. Wenn ich dir einen Grund dafür gegeben haben sollte, so bitte ich dich, ihn mir zu nennen. Oder richtet sich dein Zorn etwa gar nicht gegen mich, sondern gegen das Seil? Aber wenn es so ist, warum herrschst du mich an?

Raimund starrte im Wechsel auf Thor, dessen Augen wie schwarz glänzende Kugeln aus dem Schädel quollen, und in Rauks aschfahles Gesicht. Keuchend dachte er nach, was er erwidern könne, versuchte irgendeine Antwort aus sich hervorzupressen – doch außer einem »Ich sage dir … Ich sage dir … Du …« brachte er nichts zustande. Rauk fasste Thor um den Hals und zog ihn ein Stück beiseite, um den Abstand zu vergrößern, der seine sabbernde Schnauze von Raimunds Fäusten trennte.

– Nun, ja. Wie du möchtest, Raimund. Lassen wir's für jetzt gut sein, vielleicht reden wir später darüber.

Seine Stimme festigte sich, er gewann sein kaltes Blut zurück. Mit einer flüchtigen Bewegung rückte er den Riemen zurecht, an dem die blank polierte Doppelaxt hing und richtete seine Gestalt so hoch auf, wie es irgend möglich war.

– Männer. Ich werde darüber nachdenken, was es mit diesem zweiten Seil auf sich hat. Kommt Zeit, kommt Rat. Lasst uns jetzt den Tag beschließen; wir waren schon lange genug auf den Beinen. Morgen früh sieht alles anders aus!

21

Ein Häufchen Erde
auf der Brust

Am Morgen fanden die Männer Rauk tot unter seiner Decke. Die Zungenspitze ragte ihm zwischen den geöffneten Lippen hervor, und an seinem Hals zeichneten sich rötliche Male ab – er musste erdrosselt worden sein. Die aufgerissenen Augen zeigten noch in der Starre des Todes ihren stechenden Ausdruck; es war der Blick, mit dem er seinen Mörder in einem letzten Aufbäumen des Geistes angestarrt und der sich über die Grenze des Lebens hinaus erhalten hatte. Thor lag lang und bequem ausgestreckt in einem Bett aus Blättern, eine der Vorderpranken lastete auf der Tasche seines Gebieters, die er in den Nächten zu bewachen pflegte – doch das friedliche Bild trog; ein Axthieb hatte ihm den Schädel gespalten.

Es dauerte einige Minuten, bis die Männer in ihrer Verwirrung bemerkten, dass Raimund fehlte. Das Schlaflager, das er sich am Abend gebaut hatte, war verwaist, seine Kiepe verschwunden. Einer der Bauern, der in der Nacht Wache gehalten hatte, erinnerte sich, dass Raimund ihn am frühen Morgen, als gerade die erste Dämmerung einsetzte und alle noch im Schlaf lagen, abgelöst hatte. Das Übrige reimten die Männer sich zusammen: Ohne ein lautes Geräusch zu erzeugen, hatte Raimund inmitten von lauter Schlafenden Rauk und Thor umzubringen gewusst und sich dann, wohl in Richtung des Dorfes, davongemacht.

Die Bauern versuchten ihrer Erregung Herr zu werden, gingen kreuz und quer, als suchten sie etwas, im Unterholz herum, manche hockten sich auf den Boden, denn es war ihnen nicht wohl zumute, sie hatten noch keinen Bissen im Leib, und das Entsetzen machte sie schwindlig …

Schließlich gelang es den Männern, sich zusammenzuraffen. Ohne dass jemand ein Zeichen dazu gegeben hätte, stellten sie sich um das X auf, vor dem sie gestern so jäh stehengeblieben waren wie vor einer aus dem Boden gewachsenen Wand. Es bedurfte jetzt nicht mehr vieler Worte, alles schien so einfach und mit Händen zu greifen, als hätten sie schon oft im Geheimen darüber gesprochen:

– Lasst uns umkehren!

– Ja, genau. Es ist genug!

– Keinen Schritt weiter! Viel zu lang' schon sind wir marschiert.

– Verrückt sind wir gewesen. Den Kopf haben wir verloren.

– Und wer ist schuld daran? Ich sag's euch – Rauk!

– Genau – Rauk. Das Schwein. Keiner sonst. Verleitet hat er uns!

– Auf den Leim sind wir ihm gegangen! Wir könnten schon längst zu Hause sein. Bei den Frauen!

– Jawohl, du sagst es!

Und so noch eine Weile weiter.

Als sie zu ihren Plätzen gingen, waren sie von nervöser Ungeduld gepackt, keiner wollte noch einen einzigen Augenblick mit Reden und Zögern vergeuden. Das Weitergehen war ihnen so unmöglich geworden, wie es zuvor die Umkehr gewesen war – was viele Tage lang ihre Kräfte überstiegen hatte, machte sich jetzt von allein. Sie wussten, wie lang und gefahrvoll der Weg sein würde, der vor ihnen lag, und waren doch von einer kopflosen Zuversicht erfüllt. Niemand hatte für die beiden Seile noch einen Blick oder Gedanken übrig, sie lagen am Boden wie etwas Abgetanes.

Als die Männer schon zum Aufbruch bereitstanden, wandten sie sich noch einmal dem Ermordeten zu. Einer von ihnen leerte, heftig schüttelnd und zugleich mit ersten Zeichen von Routine, Rauks Gepäck aus. Zwei oder drei Dinge fanden sich, die nützlich waren und ohne Streit verteilt wurden. Jemand zog dem Toten die Jacke vom Leib, die sich noch in ordentlichem Zustand befand; auch der Schuh, den Rauk an seinem normal gebildeten Fuß trug, wurde nicht verschmäht, der andere verblieb an der Leiche.

Erst jetzt fiel den Männern auf, dass die Doppelaxt

verschwunden war. Raimund musste sie bei seiner Flucht mitgenommen haben, vielleicht nachdem er sich ihrer zuvor bedient hatte, um den schlafenden Thor zu töten. Dies machte die Männer unwirsch: Die Axt war ein besonders gutes Stück, ohne Zweifel das Beste, was Rauk besessen hatte – noch lohnender als Michaels Spiegel aus Messing. Sie hätten sie gern für sich gehabt und nahmen es Raimund übel, dass er ihnen das Wertvollste vor der Nase weggeschnappt hatte. Wenn sie ihn noch einmal wiedersehen sollten, würden sie ihn zur Rede stellen …

Niemand kam auf den Gedanken, für den Toten eine Grube auszuheben – für derlei umständliche Prozeduren blieb jetzt keine Zeit mehr. Alle hatten noch in frischer Erinnerung, wie kräftezehrend es war, sich mit dem spröden und wurzelreichen Boden herumzuschlagen; und hätte Rauk es denn überhaupt verdient gehabt, dass man sich so große Mühe um ihn machte?

Einer der Bauern drückte dem Toten, um wenigstens das Geringste nicht zu unterlassen, die Lider zu, ein anderer klaubte etwas Erde und Blätter zusammen und streute sie ihm über die Brust. Dann brach die Kolonne auf.